알바의 하루

알바의 하루

초판 1쇄 2020년 8월 3일
초판 4쇄 2024년 6월 15일

글쓴이 | 김소연, 김태호, 문부일, 박경희, 윤혜숙
펴낸곳 | 도서출판 단비
펴낸이 | 김준연
편 집 | 최유정
등 록 | 2003년 3월 24일(제2012-000149호)
주 소 | 경기도 고양시 일산서구 고양대로 724-17, 304동 2503호(일산동, 산들마을)
전 화 | 02-322-0268
팩 스 | 02-322-0271
전자우편 | rainwelcome@hanmail.net

ISBN 979-11-6350-026-1 43810
ISBN 978-89-967987-4-3 (세트)

값 11,000원

* 이 도서의 국립중앙도서관 출판예정도서목록(CIP)은 서지정보유통지원시스템 홈페이지(http://seoji.nl.go.kr)와 국가자료종합목록 구축시스템(http://kolis-net.nl.go.kr)에서 이용하실 수 있습니다. (CIP제어번호 : CIP2020030774)

* 이 도서는 한국출판문화산업진흥원의 '2020년 우수출판콘텐츠 제작 지원' 사업 선정작입니다.

알바의 하루

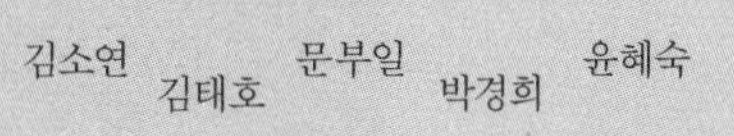

김소연 김태호 문부일 박경희 윤혜숙

단비
danbi

차례

반려동물 관리사 | 김소연

•

7

신의 알바 | 김태호

•

49

밥도둑을 기다리며 | 문부일

•

73

최선의 알바 | 윤혜숙
•
139

바퀴벌레 | 박경희
•
107

함께한 작가들
•
175

반려동물 관리사
김소연

1.

앨런은 4층 높이의 맨션 앞에 섰다. 손목에 찬 스마트 링 액정 위로 맨션 주소가 한 줄로 흘러 지나갔다.

"여기 맞지?"

혼잣말로 중얼거린 앨런이 건물을 올려다보았다. 고급 저택이었다. 외벽 하나만 봐도 이 집이 얼마나 비싼 건물인지 알 수 있었다. 건물은 태양광 자동조절 유리창으로 매끄럽게 둘러싸여 있었다. 이 창은 정확히 말해 '유리'가 아니었다. 신소재 투명 금속판으로 만들어진 최신 건축 소재였다. 그러니 '유리창'이라는 단어는 맞지 않을 테지만 겉으로 봐서는 그저 고급스러운 통유리창으로 보일 뿐이었다.

금속판은 낮에 비치는 햇빛에서 열에너지를 모으고 전기를 생산했다. 그리고 비축해 놓은 열을 밤에 실내 쪽 면으로 발산함으로써 집 안을 따뜻하게 덥혔다. 여름에는 낮에 생산한 전기를 사용해 냉기를 발생시켜 실내를 시원하게 했다. 거기다 자동 명암 시스템으로 창문의 색이 어두워졌다 밝아졌다 하는 기능까지 갖추었다.

앨런은 가로 3미터 세로 2.5미터가 넘는 창을 올려다보며 커다랗게 숨을 들이쉬었다. 금속판 한 장 값이 앨런과 아버지가 세 들어 사는 집 보증금보다 더 비싸다는 걸 잘 알고 있기 때문이었다. 그래도 마냥 기죽어 쭈뼛거릴 여유는 없었다.

"휴-."

앨런은 심호흡을 한 번 한 후 맨션 출입문 앞으로 다가섰다. 옷매무새를 살피고 얼굴을 한 번 쓰다듬었다. 폐쇄회로카메라 밑에 달린 벨이 딩동, 하고 울렸다. 동전만 한 원그림이 새겨진 까만 유리판에 앨런의 초조한 얼굴이 어른거렸다. 곧이어 달칵, 소리와 함께 맨션 출입문 잠금장치가 풀렸다. 벨 소리에 응대하는 목소리 따윈 생략된 채였다. 앨런은 머뭇거리다 스르르 열리는 문 안으로 들어섰다. 마치 마법에 걸린 성 안으로 초대된 기분이었다.

맨션은 외양만큼이나 실내 장식도 고급스러웠다. 하얀 가죽 소파는 열 명이 앉아도 넉넉할 만큼 길고 넓었다. 깔끔하다 못해 찬 기운이 흐르는 거실은 텅 빈 냉동고 속처럼 썰렁했다. 하지만 가만히 뜯어보면 여기저기 최첨단 인공지능 시스템이 집 안을 움직이고 있었다. 벽면을 가득 채운 홀로그램 화면으로는 여섯 개 채널에서 내보내는 뉴스가 동시에 나왔다. 그 아래로 세계 증시와 각국 화폐의 환율이 쉼 없이 흘렀다. 2059년 하반기 세계 경제 동향과 의학 분야 신기술 정보가 그 뒤를 이어 반복적으로 제공되었다.

앨런이 넋을 놓고 서 있는데 여자 목소리가 들렸다.

"이리 와서 앉아요."

백색 소파에서 한 여자가 손짓을 했다. 앨런이 면접을 볼 집 주인, 이 팀장이었다. 이 팀장은 균형 잡힌 몸매에 흠잡을 데 없는 얼굴을 지니고 있었다. 더불어 몸가짐 하나하나에 당당함이 배어 있었다. 과연 GG그룹 데이터 관리 총괄 3팀을 이끌고 있는 재원다운 풍모였다.

"조 앨런? 어디서 따온 이름이죠?"

이 팀장이 태블릿 속 소개서를 훑어 내리며 물었다.

앨런은 이 팀장의 물음에 집중을 하지 못하고 거실을 두리번거렸다.

이 팀장이 목소리를 살짝 높였다.

"학생! 집 구경은 그만하고 대답 좀 해주시죠?"

화들짝 놀란 앨런이 얼른 대꾸했다.

"아버지가 지어 주신 이름입니다. 컴퓨터의 창시자로 알려진 앨런 튜닝…."

앨런의 말이 채 끝나기도 전에 이 팀장이 말허리를 자르며 피식 웃었다.

"아-, 그 앨런. 난 또 뭐라고. 하긴 앨런 군이 태어났을 때 한창 유행했었지. 역사적인 컴퓨터 공학자들의 이름을 따서 아기 이름 짓는 거."

그 말에 앨런 귓가가 살짝 붉어졌다. 자신의 이름이 한순간에 철

지난 유행이 되어 버린 것만 같았다.

인공지능 시스템, 줄여서 AI의 특이점이 온다던 해는 2045년이었다. 그 해를 전후해서 세상 사람들은 기묘한 흥분에 휩싸였다. 인공지능에게 특이점이 오면 5천 년을 헤아리는 인류 문명은 종말을 맞이하게 된다는 예견이 지구를 뒤덮었다. 인간의 사고 능력을 뛰어넘는 프로그래밍 체계에 도달한 인공지능이 세상을 재편할 것이라고 떠들어 댔다. 사람들은 컴퓨터 공학의 무시무시한 발전에 대해 경계심과 경외심을 동시에 드러내며 우왕좌왕했다. 그리고 2045년이 되었다. 결론부터 말하자면 인공지능에게 특이점은 오지 않았다. 45년에서 15년이나 더 지난 지금도 특이점은 곧 온다, 곧 온다 소문만 무성할 뿐 현실화되진 않았다. 대신 인공지능 컴퓨터 혹은 로봇 시스템이 인간 사회 곳곳에 빠르고 조용히 스며들었다. 가랑비에 옷 젖는 것처럼 삶의 방식이 인공지능 시스템 위주로 재편되었다. 사람들은 알면서, 혹은 모르면서 변해 가는 세상에 순응해 갈 뿐이었다. 누구도 인공지능의 도움이나 지시 없이 하루를 보내는 건 상상할 수 없게 되었다.

이 팀장은 태블릿을 들여다보며 고개를 갸웃했다.

"앨런 군 혹시 난자 기증이에요? 어머니 소개란이 비어 있네."

앨런이 대답했다.

"어머니가 없다고 해서 성장환경에 부족한 부분이 있진 않다고 생각합니다. 아버지가 엄마 역할까지 훌륭히 해 주셨으니까요."

앨런 대답에 이 팀장이 어깨를 으쓱했다.

"아, 물론 그런 이력이 채용에 불리하게 작용하진 않아요. 다 아는 사실이지만 인간의 출생 방식을 따져 차별하거나 불이익을 주는 행위는 불법이니까. 게다가 요즘엔 복제인간도 수두룩인데 DNA 기증이면 축복이지."

"아, 예."

앨런 얼굴에 어색한 웃음이 번졌다. 아무래도 너무 긴장한 탓인 듯했다. 이 팀장은 그런 앨런이 귀엽다는 듯 싱긋 웃고는 제 말을 이어 갔다.

"참 우습네? 사람은 못 알아봐도 개는 알아본다니. 아니, 안드로이드든 사람이든 절 보살피는 데 무슨 상관이라고."

이 팀장은 자신의 발밑에 웅크리고 앉아 있는 강아지를 쓰다듬으며 말했다. 하얀 털 뭉치처럼 생긴 강아지가 이 팀장의 손바닥을 할짝할짝 핥았다. 견종이 프랜치 비숑이라고 했다.

'영리하고 활동적이며 장난치기를 좋아하는 수선쟁이.'

이 팀장이 반려동물 관리사 모집 공고를 내며 적어 놓은 문구다. 앨런은 노동청 아르바이트 게시판을 뒤지다 이 공고를 봤던 기억이 떠올랐다. 화면에 가득 찬 강아지 얼굴과 분홍빛 혀에 풋, 하고 웃음이 터졌다. 그리고 곧바로 이 팀장에게 지원서를 냈던 것이다.

"강아지를 키워 본 적이 없는데 용케 아르바이트 자격증을 땄네?"

이 팀장은 의심스럽다는 듯 앨런을 아래위로 훑어보았다.

"저도 모르는 제 특기를 에이아이가 찾아내 준 셈이죠. 그래도 실습 기간 동안 강아지랑 고양이를 돌본 경력은 있습니다."

앨런은 차근차근 대답하며 준비해 온 개 껌을 주머니에서 꺼냈다.

"자, 이리 와 봐."

강아지는 앨런의 손에 들린 개 껌을 똑바로 쳐다보았다. 그리고 살짝 윗몸을 일으켰다. 까맣고 반질반질한 코를 개 껌을 향해 벌름거렸다. 그래도 쉽게 앨런 곁으로 오진 않았다. 경계를 하는 것이다. 대신 자기를 향해 만면에 웃음을 띤 낯선 소년의 얼굴을 말똥말똥 쳐다보았다. 물론 그 예의 분홍빛 혀는 주둥이에 살짝 삐져나온 채였다.

앨런은 조바심을 내지 않고 다시 한 번 강아지를 향해 빙그레 웃었다. 강아지는 자세를 편안하게 고쳐 앉아 손을 내미는 앨런을 보며 꼬리를 살랑살랑 움직이기 시작했다. 앨런은 본능처럼 그 모습을 놓치지 않았다.

"자, 이리 와 봐. 이거 맛있는 거다."

앨런은 개 껌을 쥔 손을 최대한 낮추며 이 팀장을 쳐다보았다.

"참! 얘 이름이 뭐죠?"

"RP-961."

"예? 알…?"

앨런이 우물거리자 이 팀장이 까르르 웃었다.

"그냥 알피라고 불러. 방금 건 등록 번호야."

"아, 예."

앨런은 갑자기 말을 놓는 이 팀장 말투가 살짝 거슬렸다. 그렇다고 단박에 싫은 내색을 할 수도 없었다. 어쨌든 일거리를 잡는 게 급선무이기 때문이었다.

드디어 알피가 킁킁거리며 앨런 손에 쥐여진 개 껌으로 다가왔다.

"그래. 이거 네 거야. 마음 놓고 씹어 봐."

앨런이 개 껌을 양탄자 위에 내려놓았다. 강아지가 개 껌을 할짝할짝 핥기 시작했다. 앨런은 잠깐 알피가 하는 대로 가만히 내버려두다가 왼손으로 알피의 머리를 살살 쓰다듬었다.

이 광경을 말없이 지켜보던 이 팀장이 훗, 하고 웃었다.

"신기하네. 나나 홈봇은 아무리 잘해 줘도 으르렁거리기만 하는데."

앨런이 칭찬이 부끄럽다는 듯 배시시 웃었다. 이 팀장이 말을 이었다.

"그러고 보면 개는 참 신통해. 생명의 냄새가 나지 않는다는 건 도대체 어떤 감지 체계일까? 인간에게만 복종하게 진화한 동물이라서 그런가?"

이 팀장은 철학적 물음 앞에 선 사색가처럼 진지해졌다. 그리고 혼잣말처럼 덧붙였다.

"오히려 인간이 안드로이드 로봇과 사람을 구별하지 못할 때가 많은데 말이야."

이 문장은 이 팀장이 워낙 조용히 말한 탓에 앨런 귀에는 닿지 않았다.

앨런이 알피의 등을 조심스럽게 쓰다듬으며 말했다.

“잘 모르겠지만, 덕분에 저처럼 재능 없는 사람도 일할 수 있는 기회가 생겨서 다행입니다.”

이 팀장이 손을 내저었다.

“재능이 없다니! 봐봐. 처음 만난 자리에서 알피랑 단번에 친해진 건 앨런 군이 첨이야. 내가 관리사 면접을 한두 번 본 줄 알아? 경력 십 년의 베테랑이라고 월급 액수만 따지던 사람도 알피가 곁을 안 주는 바람에 물러갔어. 평생 개를 키웠다는 아주머니, 수의사 자격증이 있는 조련사, 강아지 분양만 전문으로 했다는 애견숍 주인도 우리 알피한테 두 손 두 발 다 들었다니까.”

이 팀장은 고개를 절레절레 저었다. 그동안 까탈스럽게 낯가림을 하던 알피의 행적이 떠오르는 모양이었다. 그러거나 말거나 알피는 어느새 앨런의 무릎 위로 올라앉아 재롱을 피우고 있었다.

“그 난다 긴다 하는 전문가들을 다 제치고 겨우 열여덟 살 아르바이트생이 알피를 길들이다니, 정말 세상일은 모른다니까.”

‘겨우 아르바이트생이라고?’

앨런이 미간을 살짝 찌푸렸다.

앨런이 아르바이트생 자격증을 따기 위해 직업적성 조사 센터에 들락거린 게 다섯 달이 넘었다. 그사이 성격검사, 직업군 역량 조사,

특성 테스트, 사회성 잠재력 검사 끝에 앨런이 할 수 있는 직종이 선별되었다. 그게 바로 반려동물 관리사였다.

2.

"반려동물 관리사?"

앨런의 아버지는 아들이 내미는 최종 결과지와 아르바이트 허가증을 내려다보며 고개를 갸웃거렸다.

"넌 햄스터 한 마리 키워 본 적이 없잖니."

앨런은 아버지 질문에 겸연쩍은 미소를 지었다.

"저도 뜻밖이에요. 근데 노동청에서 내린 결론이 그러니 어쩌겠어요."

아버지는 플라스틱으로 만들어진 작은 카드를 이리저리 돌려보다 얼굴이 어두워졌다.

"내 근무 연령이 몇 년만 더 보장받았더라면…."

아버지의 목소리에서 풀기가 사라졌다.

앨런이 속으로 한숨을 내쉰 후 말했다.

"아르바이트 실적이 좋으면 평생 직업으로 정해질 수도 있대요. 졸업도 얼마 안 남았는데 잘된 거예요. 사실 저… 이제껏 직업군이 정해지질 않아서 얼마나 애를 태웠는데요."

그 말은 아버지의 기분을 맞추려고 부러 하는 거짓말이 아니었다. 앨런은 고등학교 졸업을 코앞에 두고도 직업을 정하는 데 애를 먹고 있었다. 중학교 때부터 수없이 해 온 직업 적성검사에서 이거다, 할 만한 직종이 정해지지 않았기 때문이다.

2040년대 이후, 인공지능 로봇은 인간의 직업 중 삼분의 일을 가져가 버렸다. 그 후 사람들은 각자 평생에 걸쳐 종사할 직업을 찾느라 동분서주했다. 인간에게 남겨진 대부분의 일은 수공예품 창작자, 목공예 기술사, 여가생활 지도사 등등이었다. 대부분 그저 취미생활과 구분이 애매한, 해도 좋지만 안 해도 그만인 일들뿐이었다. 그 외에는 상담과 심리적 보살핌을 주로 하는 정신 의료분야에 자리가 났다. 아무리 발달한 대화형 인공지능이라 하더라도 인간의 공감 능력, 친화력, 소통력에는 아직 미치지 못하기 때문이다. 대신 경제, 법률, 의료, 공학, 기술 전반에서 인공지능 로봇은 인간의 능력을 훨씬 뛰어넘는 실력을 발휘했다.

결론적으로 냉정히 표현하자면 국가와 사회가 유지되는 데 꼭 필요한 직업군을 모두 인공지능 로봇이 가져간 셈이었다. 덕분에 인류는 이제 전쟁과 분쟁, 질병과 기아에서 벗어날 수 있었다. 욕심과 변덕, 의심과 편견에 휘둘리지 않는 인공지능 시스템이 인간 사회를 효율적으로 관리해 준 덕분이었다. 인간은 인공지능이 제공하는 매뉴얼 대로만 지내면 편안하고 안전한 일생을 보장받을 수 있었다.

고등학생인 앨런 역시 마찬가지였다. 앨런이 십 대 후반에 들어서며 받은 직업적성 검사만 여섯 번이 넘었다. 그중 세 번은 일러스트 화가가 가장 높은 점수를 받았다. 두 번은 아동 심리상담가로 진단되었다. 마지막으로 나온 유망 직업은 증강세계 그래픽 디자이너였다.

앨런이 미술 시간에 그려내는 그림은 항상 반에서 손꼽힐 정도로 솜씨가 뛰어났다. 담임선생님과 친구들은 앨런의 그림 솜씨를 칭찬하고 부러워했다. 앨런 역시 그림을 그릴 때가 가장 편안하고 익숙했다. 그뿐이었다. 편안하고 익숙한 일, 그게 직업 선택의 가장 중요한 요소라면 할 말은 없었다. 하지만 앨런은 가슴 뛰는 일을 찾고 싶었다. 다만 그게 무언지 알 길이 없을 뿐이었다.

앨런이 반려동물 관리사 자격증을 가지고 집으로 온 날, 아버지는 소파에 앉아 드라마를 보고 있었다. 앨런은 삶아 놓은 감자처럼 소파에 파묻혀 멍한 눈을 텔레비전 화면에 묶어 둔 아버지가 싫증이 났다.

"여기요."

아버지는 아들이 건네준 자격증을 가만히 내려다보다 물었다.

"남의 애완동물 돌보는 일이 가슴 뛰는 일이 되겠니?"

앨런이 기운 없는 미소를 입가에 실었다.

"가슴 뛰는 일이라… 이제 그런 철없는 소리는 잊으려구요."

"철없다니?"

아버지는 무안한 표정이 되어 아들을 바라봤다.

"그런 말은 옛날 종이책에나 쓰여 있는 허풍이라고요."

"아니다. 사람은 누구나 평생을 걸고 하고 싶은 일이 있어야…."

아버지의 목소리에 안타까움이 가득 배어들었다. 하지만 앨런은 차갑고 어두운 눈빛으로 아버지와 눈을 맞추었다.

"가슴 뛰는 일만 찾아다니다 밥벌이는 언제 하고요."

"그래도 넌 항상 말해 왔잖니…."

앨런이 짜증을 팍 냈다.

"철없을 때 한 소리라니까요!"

큰 소리가 나자 아버지는 입을 꾹 다물고 다시 드라마를 보기 시작했다.

앨런이 벌떡 일어났다. 거실 공기가 불편해지자 방으로 피할 심산이었다.

아버지는 앨런의 등 뒤를 눈길로 좇으며 물었다.

"그럼 화가가 되는 건 아직 가능한 거냐? 아르바이트는 그냥 아르바이트일 뿐이잖니."

아버지 물음에 방으로 들어가려던 앨런의 발걸음이 주춤해졌다.

앨런의 아버지는 평생 그림을 그리는 화가로 살았다. 대를 이어 화가가 된다는 건 어쩌면 인간으로서는 지극히 자연스러운 현상이었다. 앨런은 어머니에 대한 기억은 먼지만큼도 없었다. 얼굴 생김새와 몸매, 목소리에서 생물학적 흔적은 찾을 길이 없었다. 있다 해도 뭔지 몰랐다. 난자 기증을 통해 태어난 아이였기 때문이다. 기증된 난자 중 하나를 골랐을 때 기증자의 기본 정보는 열람할 권리가 주어

지니까 말이다. 아버지는 실제로 만나 본 적 없는 앨런의 어머니를 홀로그램 사진을 통해서 확인했을 거다. 아니, 어쩌면 한 번쯤은 앨런의 어머니를 만났을지도 모른다. 다만 앨런에게 말해 주지 않을 뿐.

어쨌든 앨런은 정해진 운명처럼, 혹은 코딩된 알고리즘처럼 순순히 일러스트 화가가 되는 건 재미가 없다고 생각했다. 일평생 공원이나 어린이집, 학교 담벼락에 그림을 그리던 아버지가 별로 행복해 보이지 않았기 때문이다. 아버지는 자신이 그리고 싶은 그림보다는 그려야 하는 그림, 남들이 보고 싶어 하는 그림을 그리던 직업 화가였다. 예술가 증명서는 끝내 갖지 못한 채 은퇴를 했다. 국가에서 아버지가 예술가 등록증이 발급될 정도의 솜씨는 아니라고 판단했기 때문이다. 좀 더 정확히 표현하자면 예술가 선정 담당 AI가 아버지를 예술가로 분류하지 않았기 때문이다. 다만 인공지능 회화 프로그램이 만들어 내는 이미지보다 좀 더 인간적이고 창의적인 결과물을 낸다는 판단 덕분에 직업인으로서 일할 수 있었던 것이었다.

아버지는 평생 예술가가 아닌 칠쟁이라는 자괴감을 마음 깊이 품고 산 사람이었다. 앨런은 그런 아버지에게 일찌감치 지친 참이었다.

'난 아버지처럼 패배자 모드로 끝내지는 않을 거야.'

자라면서 수없이 되뇌었던 한마디였다. 아버지처럼 되고 싶지 않았다. 그래서 그림 그리는 직업에 적성이 맞다는 적성검사 결과가 저주처럼 느껴지기도 했다. 그 와중에 난데없이 반려동물 관리사라니, 앨런은 뜻하지 않은 카드를 뽑아 든 사람처럼 마음이 두근거렸다.

노동청에서는 앨런에게 반려동물 관리사 예비 교육과정을 수강하게 했다. 교육 시간은 학교 정규 수업시간과 대체되었다. 앨런은 집에 돌아오면 아버지에게 실습시간에 만나는 동물들에 대해 이야기했다. 그때마다 아버지는 앨런의 들뜬 얼굴을 향해 한숨을 내쉬었다. 그리고 혼잣말처럼 중얼거렸다.

"내가 조금만 더 일할 수 있다면 좋았을 텐데. 그러면 네가 진짜 직업을 찾는 시간을 벌 수 있었을 텐데."

앨런은 아버지의 맥 빠지는 자책이 지긋지긋했다.

"그 소리 좀 그만하세요. 어차피 안 되는 건 안 되는 거 잖아요."

앨런이 야멸치게 대들면 아버지는 금세 풀이 죽어 입을 다물어버리곤 했다.

"내일 첫 출근이에요. 그만 들어가 쉴게요."

앨런은 주춤했던 발걸음을 다시 옮기며 말했다.

아버지는 앨런 방문이 닫히는 걸 멍하니 바라보다 자리에서 일어섰다.

"모든 게 다 내 탓이야. 탄탄한 세상을 물려줄 능력도 안 되면서 자식 욕심을 냈으니."

아버지는 부엌으로 들어가 싱크대 찬장을 열었다. 양념통들이 가득 들어 찬 찬장 제일 안쪽에 숨겨 둔 술병을 꺼냈다. 아버지는 술병을 든 채 안방으로 들어갔다.

앨런은 요 근래 들어 매일 밤 아버지가 자신 몰래 술을 마신다는 건 알지 못했다.

아버지가 침대에 걸터앉아 술병을 입에 대고 마시는데 스마트 링에서 딩동, 하는 알림음이 울렸다. 술이 오르기 시작한 아버지가 스마트 링의 단추를 눌렀다. 스마트 링 스피커에서 매끄러운 인공지능 안내 말소리가 들렸다.

"은퇴센터 입소 시간 확인 메일입니다. 이미 공문을 통해 말씀드린 대로 내일 오후 3시까지 은퇴센터 정문으로 와 주시기 바랍니다."

아버지는 여기까지 듣고 자리에서 부스스 일어났다. 그리고 안방을 나와 앨런의 방으로 향했다.

그사이, 방에 들어온 앨런이 침대에 걸터앉아 속으로 셈을 꼽았다.

'내 아르바이트 월급에다 아버지 기본수당이면 어떻게든 되겠다.'

정부에서 나오는 기본수당은 근무 연수에 따라 액수가 달랐다. 학생 신분의 앨런이 받는 기본수당금은 그야말로 기본적인 의식주를 해결하는 수준의 금액이었다. 아들인 앨런을 책임질 아버지가 있기 때문이다. 앨런이 성년이 되려면 6개월이 더 남았기 때문에 정식 취업은 당연히 불법이었다. 하지만 자녀가 성년이 되기 전 부모가 은퇴를 하는 경우에 한해 미성년자에게도 성년 수준의 기본수당이 지급되었다. 다만 학생 신분과 적성에 맞는 아르바이트를 선별해 일해야 하는 조건이었다.

사람들은 기본수당을 '존엄비'라고 불렀다. 사람이 사람다운 모습을 갖추는 데 기본적으로 들어가는 비용을 뜻하는 말이었다. 무슨 일이든 하면 무슨 일이 있더라도 지급되는 기본수당, 인공지능 사회에서 사람이 사람의 가치를 증명하는 길은 오직 이 방법뿐이었다.

방으로 들어간 앨런이 머리를 굴리며 생활비 계산을 하고 있는데 노크 소리가 들렸다. 앨런은 마음 약한 아버지가 또 먼저 말을 걸기 위해 방문을 두드린다고 생각했다. 아버지는 앨런과 아무리 심하게 말씨름을 해도 항상 먼저 화해를 청하거나 손을 내밀었다. 앨런이 백번 잘못한 일도 꾸짖다가는 금세 용서를 해 주고 마는 아버지였다. 앨런은 노크 소리를 듣자마자 방금 전 차갑게 대들었던 말들이 후회되기 시작했다.

"들어오세요."

앨런은 방문을 열어 주다 엇, 하고 놀랐다. 아버지의 두 눈에 벌건 핏발이 서 있었다. 입에서는 생전 맡아 본 적 없는 술 냄새가 진하게 풍겨 나왔다.

"술 드셨어요?"

앨런이 놀라서 묻자 아버지가 빙그레 웃었다.

"센터에 들어갈 때까지 숨길 수 있다고 생각했는데… 결국 들키고 마네."

"센터에선 금주, 금연인 거 잘 아시죠?"

아들의 걱정이 잔뜩 묻은 표정에 아버지가 또 한 번 힘없이 웃었다.

"어차피 오늘이 마지막이야."

앨런이 깜짝 놀라 물었다.

"예? 내일이라고요? 그걸 왜 이제 말씀하세요?"

"그딴 걸 뭐 하러 미리 말 해."

아버지는 이 말을 끝으로 돌아섰다.

앨런은 안방으로 들어가는 아버지의 등을 멍하니 바라보았다. 조금 전, 제 방으로 들어가는 아들의 뒷모습을 바라보았던 아버지의 눈빛 그대로였다.

앨런은 수면 등의 노란 불빛이 비치는 방 천장을 올려다보았다. 내일이면 아버지는 평생 일했던 직업에서 은퇴를 한다. 그리고 자신은 생전 처음으로 돈벌이에 나서게 된다. 나이 겨우 쉰 살에 은퇴자 케어 프로그램에 속하게 된 아버지와 열여덟의 나이에 처음 일을 시작하게 된 자신의 엇갈린 길이 짓궂은 장난처럼 느껴졌다.

"학생? 학생! 묻는 말에 대답을 해야지."

이 팀장이 앨런 눈앞으로 손가락을 딱딱 튕기며 목소리를 높였다. 앨런은 알피가 자신의 오른손 바닥을 할짝거리며 핥는 것도 모를 만큼 지난 생각에 정신이 팔려 있었다. 이 팀장은 그런 앨런을 짜증나는 눈빛으로 노려보는 중이었다. 앨런이 흠칫 놀라 눈을 깜빡였다.

"예? 예! 방금 뭐라셨죠?"

"알피가 좋아하는 산책로 말이야. 방금 내가 어디랬지?"

이 팀장의 입가에 싸늘한 미소가 물들었다. 갓 입사한 신참을 세워 두고 군기 잡는 상사 꼴 그대로였다.

"그, 그게 그러니까."

앨런이 우물거리자 이 팀장이 들고 있던 태블릿을 유리 탁자에 소리 나게 놓았다.

"이거 안 되겠네. 아까부터 자꾸 딴생각을 하는데. 오늘 학생 첫 출근 날이거든? 정신 안 차릴 거야!"

앨런은 학교 선생님들에게도 들어 본 적 없는 꾸지람에 심장이 오그라들었다.

"이래서야 내 귀한 알피를 어떻게 맡기겠어? 우리 아기 산책시키다 놓쳐서 유기견 만들기 딱 좋잖아, 지금!"

이 팀장은 앨런을 매섭게 닦아세웠다.

"자, 잘못했습니다. 제가 잠깐 아버지 생각에 빠져서 그만."

앨런이 고개를 숙였다.

"아버지?"

이 팀장이 다시 태블릿을 들여다보았다.

"아, 오늘 센터에 들어가셨군."

이 팀장 얼굴이 화난 상사에서 동정심 가득한 누나의 그것으로 돌변했다.

"그래서 앨런 군 바이오 수치가 불안정했구나."

"제 바이오 수치요?"

앨런의 눈가가 일그러졌다. 상대방의 바이오 수치를 허락이나 동의 없이 탐지하는 건 불법이었다. 개인정보 보호법에 정면으로 위배

되는 짓이었다. 마치 통화내용을 녹음할 때 상대방의 동의를 얻지 않으면 고소당할 수 있는 상황과 마찬가지였다.

이 팀장은 앨런의 표정이 굳어지는 걸 보자 생긋 웃었다.

"걱정하지 마. 앨런 군 바이오는 극히 정상이니까."

그걸 묻는 게 아닌데. 사과부터 하는 게 순서 아닌가, 하는 생각이 앨런 머릿속을 스쳤지만 그뿐이었다.

"그나저나 아버지가 은퇴센터에 들어가셨다면 앨런은 이제 혼자 지내는 건가?"

"어차피 내년이면 성년이 돼서 독립하게 되어 있는걸요. 괜찮습니다."

"난 정확한 사람이라 지각이나 그런 건 아주 싫어한다는 거 미리 얘기해 둘게. 혼자 지낸다고 생활이 흐트러지거나 그러면 안 돼. 알았지?"

이 팀장이 쐐기를 박듯 말꼬리를 아물렸다.

앨런은 네, 하고 짧게 대답했다.

두 사람 사이에 어색한 적막이 흘렀다. 그때 개 껌 씹기에 여념이 없던 알피가 갑자기 고개를 바짝 쳐들며 일어섰다. 알피는 거실과 주방을 잇는 문을 향해 코를 킁킁거리며 꼬리를 낮게 흔들었다. 한눈에 봐도 문 뒤에 있는 무언가를 감지하고 경계하는 몸짓이었다. 문이 열리며 홈봇이 차와 과자가 담긴 쟁반을 들고 들어왔다.

"잠시 실례하겠습니다."

앨런은 동그래진 눈으로 로봇을 올려다봤다.

"혹시 그…"

앨런이 이 팀장을 바라보았다.

이 팀장은 기다렸다는 듯 대꾸했다.

"어때? 울트라 고의 태혁이랑 완전 똑같지? 얼마 전에 홈봇 관리 센터로 보내서 성형 좀 시켰어."

요즘 한창 인기몰이 중인 보이그룹 울트라 고, 거기 리더인 태혁은 최고 인기 스타였다. 팬들 사이에서는 태혁이 안드로이드냐, 인간이냐를 놓고 논쟁이 끊이지 않았다. 야성미 충만한 몸매에 앳된 미소년 얼굴은 아무리 뜯어봐도 사람인지 로봇인지 가늠이 되지 않았다. 기획사에서는 의도적으로 태혁의 신상에 관한 정보를 철저히 숨겼다. 그놈의 신비주의 마케팅은 AI 시대가 도래해도 굳건히 제 힘을 발휘했다.

"아, 예. 저는 그만 깜짝 놀라서."

앨런이 말을 더듬거리며 홈봇을 올려다보았다. 사실 앨런은 태어나서 이 로봇처럼 사양 높은 안드로이드를 본 적이 없었다. 태혁이라고 불리는 이 로봇은 안드로이드라기보다는 사람 그 자체였다. 아니, 사람보다도 더 사람다운 매력과 완벽함을 지니고 있었다. 그런 고급 사양의 안드로이드에다 겨우 아이돌 얼굴이라니, 천박해 보였다.

앨런은 자신의 발치에서 서성이는 강아지를 내려다봤다.

“알피가 저 로봇을 따르지 않는다고요?”

그 말에 이 팀장이 발끈하며 말했다.

“태혁이라고 불러 줘.”

톡 쏘는 말에 앨런이 얼른 네, 하고 대답했다.

이 팀장이 말을 이었다.

“그래서 앨런 군이 지금 내 집 응접실에 와 있는 거 아니겠냐고.”

이 팀장은 태혁이 건네주는 찻잔을 받아 들며 로봇과 눈을 맞추었다. 애정과 신뢰가 넘치는 눈빛이었다. 방금 전 앨런을 향해 쏘아 대던 표독스러운 눈매가 어떻게 저렇게 돌변할 수 있는지 기가 막힐 정도였다.

“나도 그게 안타까운 점이라니까. 알피가 태혁하고 친하게만 지낸다면 우린 정말 완벽한 가족인데 말이야.”

이 팀장은 알피에게 눈총을 주었다. 알피는 앨런 오른 다리에 등을 댄 채로 태혁을 주시하고 있었다.

태혁이라 불리는 로봇이 낮고 부드러운 음성으로 대꾸했다.

“제가 좀 더 알피와 친해지도록 노력해 보겠습니다.”

로봇은 앨런 앞에 찻잔과 과자 접시를 놓아 주며 말했다.

앨런이 고개를 들고 태혁을 쳐다보았다. 그러다 그만 흡, 하고 소스라쳤다. 이 팀장을 등지고 시중을 드는 태혁의 얼굴이 딱딱하게 굳어 있었다. 앨런과 알피를 번갈아 쳐다보는 눈빛도 차갑기 그지없었다. 그런 홈봇의 얼굴을 보지 못한 이 팀장이 지시를 내렸다.

"태혁, 여기 금방 끝날 거니까 회사 차 좀 미리 호출해 줘. 출근해야지."

"예, 알겠습니다."

로봇은 대답과 함께 다시 부드러운 미소를 장착했다. 앨런은 주방으로 물러가는 로봇의 뒷모습을 멍하니 바라보았다. 마치 귀신의 옷자락을 본 것처럼 찜찜한 기분이었다.

"어쨌든 우리 알피 잘 부탁해."

이 팀장이 앨런의 시선을 다시 자신에게로 돌렸다.

"예? 아, 그럼요."

"정말 진심으로 하는 말이라구."

이 팀장은 눈을 커다랗게 뜨고 앨런을 빤히 쳐다봤다. 부탁을 하는 건지, 명령을 하는 건지 종잡을 수 없는 얼굴이었다. 그러고 보니 태혁이라는 홈봇과 이 팀장은 어딘지 묘하게 닮아 있었다. 사람과 로봇의 구분이 모호해지는 공간, 그곳이 강아지 알피가 사는 집이었다.

3.

알피는 공원 산책길을 빨빨거리고 돌아다녔다. 앨런은 알피가 나무 밑동마다 냄새를 맡고 영역표시 하는 걸 쫓기 바빴다. 목줄을 늘일 대로 늘인 터라 강아지는 제멋대로 여기저기를 휘젓고 다녔다. 알피는 호기심이 왕성한 데 비해 성격이 날카로웠다. 조금만 비위가 틀려도 엄살이 보통이 아니었다. 낯가림도 심해 처음 공원에 나왔을 때는 앨런의 품에서 발발 떨며 끙끙거리기만 했었다. 그래도 한 달 남짓 꾸준히 데리고 나오자 녀석도 낯선 곳에 적응을 하는 것 같았다.

앨런은 공원에 익숙해지는 알피를 보며 아버지를 생각했다.

'거긴 어떨까?'

아버지는 은퇴 후 여생을 보내는 실버센터에 입주를 했다. 퇴직금을 신탁기금으로, 기본수당을 매달 생활비로 전액 지불하는 대신 실버센터에서 여생을 보내며 보살핌을 받는 제도였다. 실버센터 입주는 주로 서민층에서 선택하는 노후대책이었다.

상류층 사람들은 실버센터에 들어오지 않았다. 국가에서 운영하는 실버센터에 의탁하지 않아도 의료와 여가 생활을 누리는 비용을 얼마든지 충당할 수 있기 때문이었다. 무엇보다 그들은 나이 쉰 살에 은퇴당하지 않아도 되었다. 은퇴할 나이를 스스로 정할 수 있는 계층은 따로 있었다.

앨런의 아버지는 그런 계층이 아니었다. 정확히 쉰 살이 되는 생일날, 정부에서 안내 메일이 전송되었다. 아버지의 출근할 일터가 더 이상은 없음을 알리는 글이 선명하게 찍힌 안내장이 모니터를 가득 채웠다.

"올 게 왔구나."

아버지는 가늘고 긴 한숨을 내쉰 끝에 중얼거렸다. 작고도 짧은 그 소리는 앨런의 귀에 바늘처럼 예리하게 꽂혔다.

앨런의 뇌리에 컴퓨터 앞에 앉아 화면을 들여다보던 아버지의 뒷모습이 선명했다.

센터로 들어간 아버지에게서 동영상 이메일이 왔다. 매주 금요일 저녁, 아버지의 안부가 담긴 메일은 1초의 오차도 없이 꼬박꼬박 도착했다. 내용 역시 매번 비슷비슷했다. 잘 지내고 있다고, 잘 지내라고… 그게 전부였다. 센터에서 보호자 자격의 가족에게 서비스하는 프로그램 중 하나인 듯했다. 앨런은 이메일을 열어 볼 때마다 센터 안내장 메일을 열어 보던 아버지의 구부정한 어깨가 떠오르곤 했다. 안내장을 받고 난 후, 아버지의 눈동자에선 빛이 사라졌다. 앨런은 아버지의 조용하지만 무거운 변화가 신경에 쓰였다. 하지만 아르바이트 실습이니 지원 면접이니 하며 정신을 파는 통에 아버지의 얼굴이 날이 갈수록 어두워지는 걸 지나쳤다. 사실 알았다 하더라도 딱히 뭘 어떻게 해 줘야 할지 몰랐다. 워낙 마음을 드러내는 것에 서투른 부자지간이었다. 앨런은 기억이 떠오를 때마다 후회가 밀려오곤 했다.

'안내장이 왔을 때, 어깨에 손이라도 한번 얹을걸.'

그러나 이미 지나가 버린 후회였다.

그렇게 몇 달이 지났다. 앨런은 알피 말고도 강아지 한 마리를 더 돌보게 되었다. 이 팀장이 소개해 준 집이었다. 덕분에 앨런은 이제 굼벵이 가루경단과 삶은 야채, 국수로 채워진 도시락 말고 가정식을 주문해 먹을 수 있게 되었다. 가정식 배달은 따뜻한 국과 밥, 그리고 이틀에 한 번씩 새롭게 제공되는 반찬들로 풍성한 식탁을 차릴 수 있었다.

"더 소개해 주고 싶어도 노동법에 걸릴까 봐 안 되겠어. 혹시 노동청에서 감사 들어오면 얘기해. 내가 처리해 줄 테니까."

이 팀장이 앨런을 보며 눈을 찡긋했다.

모든 직업인은 사흘 이상 근무하면 노동청에서 조사원이 나왔다. 근무지 책임자가 처벌을 당하고 노동자 역시 기본수당이 깎인다. 인공지능 사회에서 모든 사람이 직업을 갖자면 이렇게 근무시간을 서로 나누어 가져야 했다.

앨런은 이 팀장에게 연거푸 고개를 숙이며 감사를 표시했다. 발 넓은 이 팀장 옆에만 붙어 있으면 졸업 후에도 생계 걱정은 덜 수 있을 것 같았다. 앨런은 아르바이트를 하지 않는 목요일과 금요일에 학교 수업 대신 메이커 센터에 나갔다. 대체 수업으로 인정받을 수 있는 메이커 센터는 뭐든 손으로 만들어 보는 수공예품 작업장을 일컬었다. 앨런은 알피를 위한 개집을 만들었다.

"앨런은 천생 반려동물 관리사야. 품성도 솜씨도 타고 났다니까."

이 팀장은 원목으로 만든 강아지 집을 선물 받자 호들갑을 떨었다.

"우리 알피 끝까지 돌봐 줘야 해! 졸업하고 다른 직업 찾는다고 딴맘 먹으면 안 돼!"

앨런은 이 팀장의 낭랑한 목소리를 되새기며 집으로 향했다. 이 팀장 말대로 평생 강아지, 고양이를 돌보며 살다 요양원으로 들어가는 걸까? 이게 전부일까? 얼마 전까지 생계를 걱정하며 밥값을 아끼던 앨런이었다. 하지만 조금의 여유가 생긴 지금, 마음속 한 구석에서 다른 생각이 고개를 쳐들기 시작했다. 앨런은 배달 음식 포장을 뜯으며 곰곰이 생각했다. 하지만 앨런이 아는 세상은 이게 전부였다.

저만의 특기와 적성을 발견한 건 천만다행이지만… 아버지! 이게 다일까요?

앨런은 아버지에게 안부 메일을 쓰며 맨 마지막에 추신처럼 이렇게 물었다.

아버지도 은퇴센터에 들어가는 그 전날까지 시청 대회의실 벽화를 그렸다. 아버지는 벽화가 완성되는 모습을 보지 못한 채 시청을 나와야 했다. 나머지 부분은 같이 작업을 했던 화가 두 명이서 완성한다고 했다.

"마무리할 시간은 줄 줄 알았는데."

아버지는 문득 이렇게 중얼거리곤 했다. 하지만 그뿐이었다. 벽화의 완성을 위해 은퇴 날짜를 늦추어 달라는 요청이나 건의 따위는

할 줄 몰랐다.

아버지에게 답신이 없었다. 매주 금요일이면 어김없이 도착해 있던 메일이 3주째 감감무소식이었다. 확인해 보니 앨런의 질문이 든 메일은 바로 다음 날 확인이 된 것으로 떴다.

'그런데 왜 답장을 안 보내실까? 어디 아프신가?'

전자 우편 게시판을 들락거리던 앨런이 고개를 갸웃거리다 스마트 링을 눌렀다.

"예, 예. 그럼 지금 아버지랑 통화는 어렵다고요?"

앨런은 수화기 너머로 빠르게 읊어 대는 센터 담당 직원의 대답을 들으며 입술을 깨물었다. 아버지는 잘 있다, 다만 얼마 전 발견된 알콜중독 증세 때문에 약 처방을 받은 기록이 있다. 약을 복용하면 졸음이 쏟아지고 행동이 조금 느려진다. 아마 이 때문에 메일 확인이 늦었었을 것이다. 센터 담당 직원의 대답은 사무적이고 냉랭했다. 또 그만큼 파고들 빈틈이 없어 말문이 막혔다.

전화를 끊은 앨런은 아버지를 만나러 가기로 마음먹었다. 복지센터에 면회 신청을 넣고 아버지에게 이메일을 썼다.

아버지, 센터에 들어가시고 면회를 한 번도 못 갔어요. 알바 일도 이젠 자리가 잡혀서 여유가 생겼어요. 곧 만나 뵈러 갈게요.

아버지에게서 답신은 오지 않았다. 대신 센터에서 면회 수락을 알리는 문자가 왔다.

앨런은 일주일이 넘게 기다린 끝에 받은 답 문자에 마음을 놓았다. 그러느라 아버지가 앨런의 이메일을 확인하지 않은 채 일주일을 훌쩍 넘겼다는 건 미처 깨닫지 못했다.

아버지를 보러 가기로 한 전날이었다. 앨런은 퇴근하자 마자 백화점에 들렀다. 미리 주문해 놓은 옷을 찾기 위해서였다. 아버지의 모습을 홀로그램으로 띄워 놓고 이 옷 저 옷을 시뮬레이션 하며 맞춘 양복이었다. 옷값이 제법 비싼 편이었지만 앨런은 두 눈을 질끈 감고 돈을 치렀다. 택배로 미리 보내 놓을까 하다가 직접 드리는 게 좋을 거 같아 미리 알리지도 않았다. 백화점에서 완성된 양복을 집으로 보내 주겠다고 했지만 그것도 거절하고 직접 백화점으로 가서 옷을 찾았다. 그런 아날로그적인 행동이 선물하는 사람의 기쁨을 몇 배로 부풀려 준다는 걸 아버지에게서 배운 앨런이었다.

커다란 양복 상자를 들고 지하철 좌석에 앉은 앨런이 혼자 중얼거렸다.

"평생토록 물감 묻을까 좋은 옷 입지 못하셨잖아요. 이젠 한 벌쯤 가지고 계셔도 돼요."

내일 아버지에게 상자를 내밀며 할 대사였다.

그때, 스마트 링이 딩동! 하고 울리며 새로운 메시지가 팔뚝 위로 떴다.

[부고] 오늘 새벽 3시 56분 경 실버센터 4032호 조민준 씨께서 사망했음을 알립니다. 사망 원인은 투신에 의한…

앨런은 자리에서 벌떡 일어나 주위를 두리번거렸다. 전동차 안에 있던 승객들이 양복 상자를 바닥에 떨어트린 채 부들부들 떨고 있는 앨런을 놀란 눈으로 쳐다봤다.

4.

자살에 의한 사망은 보험금 혹은 연금이 일절 지급되지 않았다. 실버센터에 입소할 때 넣은 보증금도 돌려받지 못했다. 은퇴 후 삶을 제대로 운영하지 못한 사람에게는 어떤 보상도 주어지지 않는 것이 AI 세상의 법칙이었다.

엘런은 센터 사무실에서 아버지 타임라인을 기록해 놓은 모니터를 확인했다. AI가 수집한 시간대별 이동경로인 타임라인… 아버지의 일상을 가장 잘 아는 존재는 아들 혹은 센터에서 사귄 친구, 혹은 담당 관리사가 아닌 인공지능의 빅 데이터였다.

그러고 보면 아버지는 용케도 자살에 성공한 셈이었다. 바이오케어 시스템 혹은 자율 행동 패턴 분석조차 아버지의 결심을 예측하지 못했다. 아버지의 마음과 몸 어느 곳도 자살의 징후를 들키지 않았다. 아버지는 정말 아무렇지도 않게, 최대한 멀쩡히 지내다 어느 순간 돌발적으로 목숨을 끊어 버린 거다. 어떤 인공지능 프로그램도 예측할 수 없는 순간에 말이다.

앨런은 아버지의 관에 양복을 같이 넣었다. 새 양복은 주인과 함께 하얀 연기로 흩어졌다.

"생전에 아드님께 무슨 징후를 보이시진 않았나요?"

조사를 나온 복지부 직원이 앨런에게 물었다. 앨런은 그저 고개를 가로저을 뿐이었다. 통화할 때마다 그저 잘 지내고 있다, 라는 한마디가 전부였다. 앨런은 그 한마디를 핑계 삼아 관심을 놓아 버린 스스로가 한없이 원망스러웠다.

마지막으로 담당 관리사가 앨런에게 유서를 건네주었다.

그게 다라면 살아야 할 이유가 없겠지.

그토록 기다렸던 답이 유서 안에 적혀 있었다.

앨런은 유서 종이 역시 양복 주머니 안에 넣어 버렸다.

앨런은 노동청으로부터 한 달 휴가를 받았다. 그동안 심리 상담과 정신과 치료를 받아야 했다. 가까운 혈족의 갑작스러운 죽음에 제공되는 의료 서비스였다. 서비스 완료 후 심리 검사를 받아야 했다. 그래서 직장에 정상적으로 복귀할 준비가 되었는지 확인받아야 했다. 휴가 기간 동안 학교 담임선생님과 친구들로부터 위로 전화를 받았다. 무슨 얘기를 주고받았는지 기억은 없었다.

'몇 시나 되었을까?'

눈을 떠 보니 창밖은 검은 밤하늘로 가득했다. 앨런은 몸을 일으켜 두리번거렸다. 익숙할 대로 익숙한 방이었지만 어딘지 모르게 낯선 기운으로 가득 찬 공간이었다.

앨런은 병원 진료가 끝나 집으로 오면 먹지도 자지도 않고 책상 앞에 우두커니 앉아 있곤 했다. 시간이 가는지도, 배가 고픈 줄도 모른 채 새벽을 맞이했다.

진료 마지막 날, 앨런은 책상 앞에 앉아 최종 결과가 이메일로 전송되기를 기다렸다.

"딩동!"

경쾌한 알림음이 스피커를 통해 방 안에 울렸다.

앨런은 느릿한 손짓으로 마우스를 움직여 이메일을 열었다.

심리 검사 최종 결과지가 모니터 위에 떴다. 결과지 끄트머리에는 앨런이 반려동물 관리사로 업무에 복귀해도 괜찮다는 문장이 선명히 새겨져 있었다.

앨런은 그 문장에 눈을 박고 가만히 앉아 생각했다.

'나는 정말 괜찮아진 걸까? 나는 아버지의 죽음을 극복하고 다시 일상으로 복귀할 준비가 된 것인가? 아버지 자살이라는 사건이 겨우 한 달 만에 정리될 수 있는 것일까?'

돌이켜 보면 정신건강센터와 병원을 오갔던 지난 한 달 동안, 앨런이 솔직한 생각과 마음을 드러낸 적은 단 1초도 없었다. 상대가 누구건 무엇이건 간에 말이다. 앨런은 그렇게 해야만 하는 행동과 그래야만 하는 말들만 늘어놓았을 뿐이었다. 그것이 세상에 단 하나뿐인 혈육을 졸지에 잃어버린 열여덟 살 사내아이가 할 수 있는 유일한 자기방어였다.

앨런의 얼굴에 뭐라 설명할 수 없는 복잡한 표정이 떠올랐다.

"내가 다시 일을 해도 되는지 안 되는지도 다른 무언가가 결정해 주는구먼."

그 무언가가 심리 상담을 했던 상담사인지 아니면 우울증 약을 복용하기를 권유했던 정신과 의사였는지, 그것도 아니면 상담사와 의사가 입력한 앨런의 치료 과정 데이터를 분석한 인공지능 의료 시스템인지 알 수 없었다. 어쨌거나 앨런은 아버지의 갑작스러운 자살에 따른 충격을 무난히 극복한 상태로 정의되었다.

5.

앨런은 무거운 몸을 일으켜 부엌으로 향했다. 아무렇게나 벗어 던진 스마트 링이 그 자리 그대로 깜빡거리고 있었다. 보름 전, 정신건강센터에서 치료 완료 메일을 받았다. 그사이 앨런은 하루에 한 끼만 먹으며 침대에서 잠만 잤다. 보름이 지난 후, 앨런은 무언가에 홀린 듯 일어나 밖으로 나갔다. 그날부터 앨런은 하루 종일 거리를 헤매기 시작했다. 앨런의 생활을 관리해 주는 가정용 인공지능 시스템은 여행 모드로 바꾸어 놓은 채였다. 스마트 링 역시 팔목에서 빼서 방구석에 던져 버렸다. 시간이 눈 깜짝할 사이에 흘렀다. 앨런은 시간이 술술 잘 가는 게 너무 신기했다. 계획도 실행도 없이 무위도식으로 아무렇게나 방치한 하루하루였다. 태어나서 처음으로 인공지능 컴퓨터의 타임 스케줄에 따르지 않고 지내 본 셈이었다. 게으른 자에겐 시간이 한없이 느리게 흘러간다던 가르침 따위는 새빨간 거짓말이었다. 시간은 기름칠한 유리관을 빠져나가는 쇠구슬처럼 매끄럽고 빠르게 지나가 버렸다.

앨런이 거리의 방랑자 흉내를 내기 시작한 지 일주일 즈음 되는 날, 냉장고는 텅 비어 버렸다. 앨런은 스마트 링을 주워 들었다. 스마트 링 화면을 이리저리 움직이던 앨런이 중얼거렸다.

"이번 달 기본소득이 안 들어왔네. 그래서 음식 배달이 끊긴 거군."

자동이체로 해 놓은 식재료 대금 납입은 중단된 상태였다. 돈을 내지 않았으니 배달 음식이 대문 앞에 놓일 리가 없었다.

앨런은 스마트 링을 전화 기록 화면으로 돌려 들여다보았다. 이 팀장에게서 열네 통의 전화와 여섯 통의 문자가 와 있었다. 그 외에도 반려동물 관리사협회 지역 총괄 사무소에서 다섯 통, 심리 검사를 했던 정신건강센터에서도 한 통의 전화가 와 있었다. 그리고 모르는 번호… 하나.

앨런은 고개를 갸웃거렸다. 궁금증에 못 이겨 모르는 번호로 막 통화 단추를 누르려는데 전화기가 웅웅, 하며 울어 댔다. 앨런이 흠칫 놀라 들여다보니 이 팀장 집 전화번호였다.

"여보세요? 앨런? 듣고 있지? 우리 집으로 와. 와서 얘기하자."

앨런은 스마트 링을 팔목에 차고 일어섰다.

홈봇 태혁은 예의 그 상냥한 미소로 앨런을 맞아들였다. 앨런이 소파에 엉거주춤 앉자 알피를 품에 안은 이 팀장이 방에서 나왔다.

"쿠션 두 개."

이 팀장은 앨런이 자리에 앉자마자 툭 내뱉었다.

"예?"

앨런이 어리벙벙한 표정을 짓자 이 팀장이 짜증스런 한숨을 내쉬었다.

"알피가 산책을 못한 스트레스로 물어뜯은 거. 요 며칠 동안 알피가 저지른 만행에 대해 브리핑 좀 해 줄까?"

앨런은 강아지 분탕질을 사주한 원흉이나 된 기분이었다. 이 팀장의 말투는 시간이 지나건 말이 듣건 익숙해지지 않았다. 들을 때 마다 신경이 곤두서고 머리가 쑤시는 어법이다. 저런 것도 재주일까? 앨런은 이 팀장의 빨갛게 칠한 입술을 쳐다보며 속으로 생각했다.

"아, 네에."

앨런이 고개를 숙이며 느릿하게 대답했다.

이 팀장은 앨런의 늘어진 태도에 약이 오르는 모양이었다. 잠깐 앨런을 뚫어져라 겨누어 보더니 콕 찌르듯 물었다.

"알바면 좀 무책임해도 되는 건가?"

"무책임이라뇨?"

"아, 짜증 나. 왜 뭐만 물으면 되물어? 한 번에 딱딱 못 알아들어? 이래서 사람은 성가시다니까."

이 팀장이 한 말 중 '사람은 성가시다'라는 문장이 앨런의 귀에 콕 박혔다.

"마치 팀장님은 사람이 아닌 것처럼 말씀하시네요."

앨런은 이 팀장의 말이 농담일 거라 짐작했다. 혹은 같은 사람이라도 계급이 다르니 저렇게 막말하는 걸 수도 있겠다 싶었다. 하지만 앨런이 웃음기 어린 얼굴로 본 이 팀장의 얼굴은 말끔하게 진지했다.

"사람은 말이야. 그 빌어먹을 감정 때문에 모든 걸 망치는 법이거든. 일이든 삶이든 간에."

이 팀장은 경멸과 지루함이 뒤섞인 애매한 눈길을 앨런에게 던졌다. 앨런은 이 팀장의 말이 자신을 넘어 아버지에 대한 모욕임을 본능적으로 간파했다. 하지만 뭐라고 대응해야 할지 언뜻 감을 잡지 못했다. 태어나서 이렇게 면전에서 대놓고 욕을 듣기는 처음이었다. 앨런은 귀까지 새빨개져 손끝이 바르르 떨렸지만 뒤이어 이어지는 이 팀장의 말을 듣고 앉아 있을 뿐이었다.

"안락하고 편안한 삶, 안전하고 쾌적한 환경 안에서 사는 게 뭐가 불만이야? 이번처럼 행동하면 존엄비 삭감되고 관리사로서 신용 등급 깎일 텐데 겁도 안 나?"

이 팀장은 응접 탁자 위에 놓인 리모콘을 집어 들었다. 그리고 여섯 개의 모니터 중 가장 크고 가운데 위치한 브라운관을 향해 단추를 꾹 눌렀다. 그러자 뉴스를 내보내던 화면이 갑자기 바뀌며 시내 한복판 거리가 나왔다. 화면 질로 보나 촬영한 각도로 보나 폐쇄회로 감시 카메라로 찍은 영상이 분명했다. 모니터 화면 위로 거리를 방황하는 앨런의 모습이 날짜 순서대로 흘러나왔다. 누가 일부러 편집한 영상 같았다.

앨런은 의아한 얼굴로 화면을 건너다보다 벌떡 일어났다.

"고용주면 제 타임라인까지 열람할 권리가 주어지는 겁니까?"

그 소리에 알피가 이 팀장의 품을 벗어나 소파 밑으로 숨어 버렸다.

이 팀장은 눈썹 하나 까딱하지 않고 대꾸했다.

"내가 어디 다니는지 첫날 얘기했을 텐데?"

"그러니까요. 전 세계 빅 데이터를 총괄하는 GG그룹 데이터 관리 팀장이면 그래도 되는 거냐고요. 제가 아는 한 그건 불법일 텐데요."

이 팀장은 앨런의 날카로운 지적에도 아랑곳하지 않았다.

"우리 알피는 앨런이 필요해. 마음 놓고 맡길 수 있는 관리사가 필요하다고. 휴, 근데 자긴 뭐야? 왜 그렇게 제멋대로냐고! 계획이 다 엉망이 되잖아."

이 팀장은 팔짱을 끼며 말꼬리를 높였다. 앨런은 신경질적으로 자신을 쏘아보는 이 팀장의 눈길을 담대하게 받았다. 이 팀장은 앨런에게 아무런 반응도 없자 팔짱을 풀고 말씨를 부드럽게 가다듬었다.

"좋아, 이번 한 번뿐이야. 봐주는 거. 다른 집들에도 얘기 잘 해 둘게."

말을 마친 이 팀장이 주방을 향해 태혁, 하고 불렀다. 거실로 들어오는 홈봇 손에 종이 한 장이 들려 있었다. 홈봇은 종이를 앨런 앞에 놓았다.

"이게 뭡니까?"

"내가 원래 복고적인 취미가 있거든. 아무리 에이아이 세상이라지만 각서는 직접 지장을 받는 게 확실하잖아."

종이 위에는 다시는 무단결근 및 지각을 하지 않겠다는 내용이 적혀 있었다.

앨런은 피식, 웃음을 흘렸다.

"여기다 제 지문만 남기면 된단 얘깁니까?"

"각서 쓰고도 차후에 또 같은 일을 벌이면 그땐 가중처벌이야."

잠시 방 안에 어색한 침묵이 흘렀다.

앨런은 종이를 뚫어져라 보다 소파 밑에 웅크리고 앉은 알피를 불렀다. 강아지는 기다렸다는 듯 앨런의 무릎에 앞발을 얹으며 꼬리를 흔들었다.

"알피 미안하다. 너와의 인연은 여기까지인가 보다."

앨런은 자리에서 일어나 이 팀장을 향해 고개를 숙였다.

"사직서는 이메일로 보내 드리겠습니다. 노동청에 어떻게 보고를 하시든 상관 안 할 테니 알아서 하세요."

이 팀장은 당황한 듯 엉덩이를 들썩였다.

"사직이라니? 누구 맘대로?"

앨런이 또박또박 대답했다.

"제 마음대로요."

이 팀장은 기가 막힌다는 듯 콧방귀를 뀌었다.

"그런 식으로 나오다간 우리 집뿐만 아니라 내가 소개해 준 집도…."

앨런이 이 팀장의 말허리를 잘랐다.

"그 집 역시 사직서 제출할 겁니다."

"뭐, 뭐라고?"

이 팀장은 멍한 표정이 되어 입만 벙긋거렸다.

앨런은 천천히 일어나 집을 나왔다. 알피가 물색 모르고 앨런을 뒤쫓았으나 홈봇인 태혁이 얼른 알피를 낚아챘다. 앨런은 스르르 닫히는 문 사이로 알피가 태혁 품을 벗어나려 몸부림치는 걸 마지막으로 보았다.

작가의 말

코로나가 전 지구적인 현상으로 횡행한 지 벌써 반년이 넘어가고 있다. 이 책에 실린 〈반려동물 관리사〉 원고를 쓸 때만 해도 인공지능이니 AI니 하며 우리 삶 속으로 파고드는 과학기술 발전에 한창 경도되어 있었다. 어느새 인공지능은 휴대전화기 속에 내장되어 길을 가르쳐 주거나, 음악을 들려주거나, 자명종 시계 노릇을 하며 서서히 개인의 일상으로 파고들고 있다. 2020년인 올해, 세상은 밀림에서 강제 소환된 바이러스와 사투를 벌이며 '새로운 일상(new normal)'을 구축해 가는 중이다.

원고를 쓸 때만 하더라도 SF적인 상상력을 동원해 미래 어느 시점에서 일어남 직한 일을 꾸며 내는 것으로 이야기를 만들어 나갔다. 하지만 출간을 코앞에 앞둔 오늘, 다시 읽어 보니 이건 공상과학소설이 아닌 지금, 여기, 우리들의 이야기가 되고 말았다.

기본소득은 코로나 여파로 '재난기금'이라는 별칭으로 불리며 두어 달 만에 전격 시행이 되었고, 이제 우리는 누구도 '기본소득'이라는 단어를 낯설어하지 않는다. 이렇게 우리는 마음의 준비를 할 새도 없이 하루하루 새로운 세상을 맞닥뜨린다. 그 틈새 사이로 보이는, 그리고 보아야 할 사람과 삶의 의미에 대해 고민하는 작은 쉼표를 여러분 앞에 내놓는다. 부디 지루하게 읽히지 않기를 바라며.

신의 알바
김태호

- 학생 알바 있음. 선착순.

동네 직업소개소에서 온 문자였다. 기다리던 소식에 이불을 걷어차고 일어났다. 전철 배달 아르바이트였다. 보수도 꽤 괜찮은데, 제일 좋은 건 일이 끝날 때마다 건당으로 바로 입금해 준다는 것이었다. 대충 계산해 보니 며칠만 고생하면 될 것 같았다. 일주일 남은 고2 마지막 여름방학을 이렇게 보내는 게 아쉽지만, 어쩔 수 없었다.

'선착순' 문자에 마음이 급해졌다. 서둘러 청반바지와 검정 후드티를 입고, 노란색 별이 그려진 회색 챙 모자를 눌러 썼다.

주말인데도 집은 언제나처럼 텅 비어 있었다. 주방 식탁 위에 반찬 그릇과 가지런히 놓인 수저가 보였다. 엄마 생각에 괜스레 입술을 삐죽였다.

"아침 안 먹는다니까!"

빌라 계단을 두세 칸씩 뛰어 골목을 단숨에 빠져나왔다. 긴 머리가 찰랑거리도록 빠른 걸음에 숨이 차올랐다. 혹시나 좋은 자리를 놓칠까 마음이 바빴다.

버스로 세 정거장이었다. 친구들처럼 인터넷에서 찾아본 일은 대부분 패스트푸드점이었다. 부모님 허락도 받아야 하고 복잡했다. 무엇보다 친구들을 손님으로 만나고 싶지 않았다. 오랜 시간 꾸준히 나갈 생각도 없었다. 짧고 굵게 해결할 게 필요했다. 지금 이 일이 딱 맞는 일이었다. 놓치긴 아까웠다.

버스에서 내리니 건너편 갈색 건물 3층에 직업소개소가 보였다. 평상시 보이지도 않던 '알바'라는 글씨가 저절로 줌으로 당겨졌다. 건널목에 서서 휴대전화를 꺼냈다. 거미줄처럼 금이 간 액정을 보니 얼굴이 저절로 찡그려졌다. 엄마에게 거의 한 달을 조르고 떼써서 얻은 최신형 휴대전화였다.

"완전 도둑놈들!"

액정 수리비가 생각보다 훨씬 비쌌다. 돈이 필요한 이유다. 엄마에게 다시 손을 내밀 수는 없었다. 휴대전화를 보기만 해도 한숨이 쏟아졌다. 전화기를 주머니에 넣고 고개를 들었다. 맞은편 거리에 또래로 보이는 아이가 사람들 사이를 비집고 달리는 게 보였다. 아이는 직업소개소 건물 안으로 사라졌다. 혹시? 경쟁자? 마음은 급했지만, 신호등은 바뀔 줄 몰랐다. 근데 그 아이 얼굴이 왠지 낯익었다. '누구더라?' 머리를 굴리는 사이 신호가 바뀌었다.

상가 건물 입구로 뛰어들었다. 순간 어둠에 파묻혔다. 나는 그대로 멈춰 서야 했다. 잠깐 머뭇거리는 사이 사방이 조금씩 눈에 들어왔다. 흐린 조명은 벽면에 새로 칠한 페인트의 울퉁불퉁 얼룩을 더

깊게 만들었다. 시멘트 계단은 가운데 부분이 닳아서 움푹 들어가 있었다. 건물은 나이 많은 어르신처럼 과묵하게 가라앉아 있었다.

3층 복도 제일 끝 사무실에 직업소개소란 간판이 삐딱하게 붙어 있었다. 나는 깊이 숨을 내쉬고 문을 밀었다. 사무실 안에 있던 네다섯 명의 까맣고 마른 남자 어른들이 동시에 나를 쳐다보았다. 낯선 시선은 날 벽 쪽으로 밀어붙였다. 벽에 붙어 조금씩 안으로 들어갔다. 한가운데 원형 탁자에 긴 머리 여자가 아저씨들 사이에 앉아 서류를 작성하고 있었다.

"무슨 일로 왔어?"

기분 나쁜 반말에도 낯섦에 짓눌러 고개가 저절로 숙여졌다. 의자에 뒤로 잔뜩 기대앉은 배불뚝이 아저씨가 손가락으로 책상 앞에 의자를 가리켰다. 나는 쌍 금가락지가 끼워진 손가락 앞으로 끌려갔다.

"이… 이거요."

휴대전화 문자를 보여 줬다. 깨진 화면이 유난히 더 도드라져 보였다.

"아아, 학생 알바!"

아저씨가 얼굴을 찡그리며 나를 올려 봤다. 벌어진 아저씨 입안쪽에 금니가 번쩍였다. 표정이 좋지 않았다.

"어쩌지? 한발 늦었는데…. 저 친구가 먼저 왔거든."

아저씨는 턱으로 원형 탁자를 가리켰다. 그곳에 여자아이가 고개를 들었다. 조금 전 거리를 달려가던 낯익은 얼굴.

"알… 영지?"

놀라서 엉덩이를 반쯤 떼고 의자에서 엉거주춤 일어났다. 놀라는 건 영지도 마찬가지였다. 영지는 곤란한 표정을 짓더니 이내 아저씨들 사이로 몸을 감췄다.

"신청만 하고 안 오는 사람이 많거든. 학생, 미안해."

아저씨 얼굴은 재밌다는 표정이었다. 히죽거리며 벌어진 입속에 금니가 또렷했다. 입속에도 금, 목에도 쇠사슬 같은 금이, 손가락엔 쌍가락지로 줄줄이 금을 두르고 있어서일까? 누런 얼굴에 기름기가 금처럼 번들거렸다.

'아침부터 재수 없게.'

속이 울렁거렸다. 금니 아저씨는 내 어깨 너머로 시선을 넘겼다. 떠밀리듯 의자에서 일어나 물러서야 했다. 나는 눈을 맞추려 했지만, 영지는 서류에 코를 박고 움직이지 않았다. 힐끔거리며 쳐다보는 사람들 시선에 점점 사무실 밖으로 밀려났다.

3층과 2층 계단 층계참에서 창밖을 내다보고 있었다. 얼마 지나지 않아 영지가 계단을 내려왔다. 나를 발견한 영지가 놀라서 발걸음을 멈춰 섰다.

"알바 영지 알영지! 오랜만."

정육점 진열장에 오른 것처럼 영지의 얼굴이 붉어졌다. 별명을 듣고 반응하는 걸 보니 중학교 때 영지가 틀림없었다.

"넌 여전히 알바 열심히 하는구나."

나는 벽에 기대어 팔짱을 끼고 올려 봤다. 영지는 계단 손잡이에 딱 붙어서 모른 척 지나가려 했다. 겁먹은 자라처럼 목을 어깨 사이에 집어넣고 꾸부정한 자세로 내려왔다. 다리를 뻗어 영지의 허벅지를 막아 세웠다.

"알영지! 고등학교 올라와서 처음 봤는데 이러기야?"

영지가 허리를 똑바로 세우고 나와 눈을 마주쳤다. 당황스러웠다. 기억 속 조그만 영지가 아니었다. 중학교 이후로 키가 자라지 않은 나보다 더 커 보였다. 물러서면 끝일 것 같았다. 뒤꿈치를 세우고 얼굴을 바짝 들이밀었다. 갑작스러운 행동에 놀랐는지 영지가 뒤로 주춤거렸다.

'오!'

짧은 순간 영지의 겁먹은 눈빛을 읽어 냈다. 키는 자라도 영지는 영지였다. 나는 영지의 어깨에 손을 둘렀다. 살짝 높은 영지의 어깨를 힘으로 짓눌렀다. 영지가 흠칫 움츠러들었다. 손가락 끝에 어깨의 떨림도 느껴졌다. 그제야 안심이 되었다. 자연스럽게 영지를 데리고 1층 햄버거 가게로 향했다.

"난 기본 세트!"

메뉴만 말하면 그만이다. 나머지는 영지가 알아서 할 테니. 나는 휴대전화를 꺼냈다. 금이 간 액정은 휴지로 아무리 닦아도 그대로였다. 맞은편에 앉은 영지가 불편한 듯 엉덩이를 들썩였다. 한참 아무 말 없이 나를 보고 있던 영지가 꾸겨진 몸을 펴고 일어났다.

영지는 기본 세트를 들고 와서 내 앞으로 밀었다. 나는 늘 그랬듯이 아무 말 없이 햄버거 포장지를 벗겨 한입 가득 물었다.

"어쩔래. 나한테 넘길래?"

한쪽 다리를 떨어 가며 콜라를 손에 들었다. 입안을 비우지 않고 계속 햄버거와 콜라로 번갈아 채웠다.

'쪼로로'

빨대로 빈 컵 바닥을 훑었다. 얼음이 '또각'거리며 자리를 옮기도록 영지는 아무 대답이 없었다. 내 인내심이 바닥을 드러내려는 순간, 휴대전화에 문자가 왔다. 직업소개소였다.

- 아까 그 일 할 거면 간단한 사진이랑 계좌번호 남겨. 고객이 바로 일거리 보내 줄 것임.

화면에서 눈을 떼고 영지를 보았다. 영지가 아르바이트를 알아서 포기한 모양이었다. 영지는 바닥만 바라보며 계속 눈을 피했다. 그럼 그렇지. 피식! 코웃음이 나왔다.

"무슨 사진을 보내래. 웃기네."

그 자리에서 셀카를 찍었다. 괜히 얼굴 팔리는 게 싫어서 살짝 모자로 얼굴을 가렸다. 사진과 함께 계좌번호를 직업소개소에 보냈다.

얼마 지나지 않아 고객이 보낸 문자가 날아왔다. 문자에 지하철

역명과 물품보관소 번호와 비밀번호까지 적혀 있었다. 물건을 찾아서 약속된 장소에 전해 주면 되는 일이었다.

"별일도 아니네."

문자를 확인하고 영지 앞으로 휴대전화를 내밀었다.

"전번 찍어!"

영지는 탁자 아래로 손을 감추었다.

"친구한테 전번도 안 알려 주냐?"

엉덩이를 반쯤 들고 영지의 손을 잡아챘다. 영지는 억지로 도장 찍듯 천천히 화면에 숫자 하나하나를 찍어 나갔다.

"누가 보면 내가 너 괴롭히는 줄 알겠다."

나는 얼굴을 찡그리고 아랫배를 움켜쥐었다.

"영지야, 나. 큰일 났다."

영지가 놀라서 고개를 들었다. 나는 배를 쓰다듬으며 엉거주춤 일어났다.

"나 신호 옴. 3일 만에 온 신호거든. 영지야, 나 옛날부터 화장실 가면 오래 걸리는 거 너도 알지? 고객이 빨리 오라는데 큰일이네. 이번 일은 알영지 네가 좀 도와주라. 친구끼리."

서둘러 화장실로 갔다. 변기 위에 앉아 고객에게 받은 문자를 복사해서 그대로 영지에게 다시 보냈다.

- 투머치 감사.

인사도 빼먹지 않았다.

화장실에서 나와 보니, 매장 안에 영지는 보이지 않았다. 앉았던 자리는 이미 깨끗이 치워져 있었다.

조금 전까지 무덥던 바깥 공기가 갑자기 선선하게 느껴졌다. 애초에 아르바이트 같은 거 하고 싶지 않았는데 영지를 만난 건 정말 행운이었다. 앞으로 들어오는 일은 영지에게 부탁하면 그만이었다. 돈이야 물론 내 통장에 들어올 것이다. 이런 게 바로 신의 알바였다.

건널목에 서서 신호를 기다릴 때였다. 누군가 내 후드티를 잡아당겼다. 뒤돌아보니 영지가 바로 옆에 붙어 서 있었다. 나는 깜짝 놀라 뒤로 주춤 물러났다.

"모… 모자 줘!"

영지가 더듬거리며 작은 목소리로 말했다. 갑작스러운 영지의 행동에 어이가 없었다.

"모자… 없으면 일 안 줘. 거긴 보낸 사진 속 얼굴도 확인할 거야."

영지는 후드티를 놓지 않고 말했다.

"알 영지! 너 미쳤냐. 왜 남의 모자를 달래. 네 사진 다시 보내든지 말든지 네가 알아서 해."

때마침 신호가 바뀌었다. 후드티를 잡고 있던 영지 손을 거칠게 내리쳤다. '짝!' 소리와 함께 손이 떨어져 나갔다. 나는 건널목을 중간쯤 건너다 멈췄다. 다시 발길을 돌려 멍하게 서 있는 영지에게로 돌아왔다.

"자, 오랜만에 만난 선물이다. 대신 앞으로 일은 계속 네가 해."

바닥에 회색 모자를 내던졌다. 영지는 떨어진 모자를 주워 흙먼지를 털었다. 서둘러 건널목을 건넜다. 뒤돌아보니 영지는 어디에도 보이지 않았다.

집에 돌아왔다. 햄버거를 먹었더니 밥 생각은 없었다. 식탁에 있는 반찬부터 정리했다. 싱크대에 남은 설거지거리가 눈에 들어왔다. 할까 말까 망설이다 그냥 방으로 들어왔다.

- 3시 20분 첫 번째 일 끝냄. 물품 : 양말, 전달 완료.

영지에게서 문자가 왔다. 첫 일을 잘 끝낸 모양이었다. 영지는 중학교 때부터 여러 가지 일을 했다. 식당이나 햄버거 가게에서 일하면 친구들과 함께 찾아가 얻어먹곤 했다. 친구끼리 장난을 쳐도 제일 재밌는 반응을 보이는 친구가 영지였다. 즐겁던 기억은 중3이 되어 영지가 갑자기 전학을 가는 바람에 끝이 났다. 그동안 영지를 잊고 지냈는데, 이렇게 다시 만나다니 신기한 일이었다.

- 입금 완료.

정말 일이 끝나자마자 내 통장으로 돈이 입금되었다. 그리고 두 번째 일이 바로 문자로 왔다. 나는 문자를 복사해서 다시 영지에게 보냈다. 서두르라는 말과 함께.

- 알겠어. 어려운 일 아니네. 언제든 시킬 일 있으면 문자 줘.

영지에게 바로 답장이 왔다. 영지는 그대로 영지였다. 침대에서 벌떡 일어나 거실로 나왔다. 나의 첫 아르바이트를 자랑하고 싶었지만, 집엔 아무도 없었다.

'칫! 기분이다.'

아까 하려다 말았던 설거지를 했다. 설거지하는 동안 나도 모르게 콧노래가 계속 흘러나왔다.

벌써 4일째였다. 영지가 바쁘게 뛰어다닐수록 내 통장에는 차곡차곡 돈이 쌓였다. 늦은 아침을 먹으며 새 일거리를 받았다. 바로 영지에게 문자를 보내고, 청반바지와 후드티를 챙겨 입었다.

집을 나왔을 때는 해가 뜨거웠다. 오늘 내 목적지는 쇼핑몰이었다. 가지고 싶던 운동화가 있었다. 방학이 끝나면 학교에 신고 갈 새 운동화가 필요했다. 생각보다 더 금방 돈을 모을 수 있었다. 운동화를 사고도 돈이 남았다. 오늘 영지가 또 열심히 뛰어 주면 휴대전화 액정도 고칠 수 있다. 기분 좋게 운동화를 골랐다. 새 운동화를 가방 속에 넣고 있을 때 문자가 날아왔다.

- 학생, 왜 배달 안 해? 손님들 기다려. 우리 일은 시간을 다투는 일이다. 서둘러.

고객에게 온 문자였다. 나는 영지에게 문자를 보냈다.

- 뭐야? 일 안 해? 고객한테 계속 문자 오잖아.

영지에게서 답장이 없었다. 답답한 건 나였다. 바로 건 전화를 영지가 받았다.

"야, 알영지. 뭐냐? 왜 배달 안 해?"

"나 하기 싫어."

영지가 망설임 없이 대답했다.

"왜? 갑자기?"

"난 나쁜 일 안 해."

"나쁜 일? 너 웃긴다. 나쁜 일이든 좋은 일이든 일단 하기로 했으면 해야지."

"안 한다고."

"알! 너 뭐 잘못 먹었어? 죽을래?"

영지는 바로 전화를 끊어 버렸다. 그사이 고객에게서 문자가 3건이나 더 왔다.

- 학생 얼른 일해라. 당장 답장하라고.

애가 타서 다시 영지에게 전화를 걸었다. 이미 영지의 전화는 꺼져 있었다.

'영지 너 두고 보자.'

할 수 없었다. 일단 오늘 일은 내가 끝내야 할 것 같았다. 가방을 둘러매고 전철역으로 향했다. 고객의 문자대로 전철을 두 번 갈아타고 찾아간 보관소에는 서류봉투 하나만 달랑 들어 있었다. 너무 무겁거나 곤란한 물건이면 어쩌나 걱정했는데 다행이었다. 봉투는 심지어 밀봉되어 있지도 않았다. 봉투 안을 들여다보았다. 플라스틱 명함 상자 하나가 들어 있었다. 명함을 전달하는 일이었다.

약속 장소로 갔다. 역사 내 휴게소에서 두 사람의 아저씨들이 기다리고 있었다. 그들은 내 차림새를 훑어보고 다가왔다. 아저씨들에게 서류봉투를 전해 주고 일이 끝났다. 끝나자마자 바로 고객에게 또 다른 일이 들어왔다.

- 강남역 강남 A 물품보관함 32번, 비번 ******
  종로3가역 물품보관함 비번 ******

혹시나 하는 생각에 영지에게 문자를 보냈다. 역시나 대답이 없었다. 강남역에서 물건을 가져다 종로3가역으로 옮겨 놓으면 되는 일이었다. 별일도 아니었다. 나쁜 일? 영지의 말이 떠오르자 괜히 화가 났다.

강남역에서 물건을 찾았다. 이번엔 쇼핑백 안에 소설책이 들어 있었다. 카프카의《변신》이란 책이었다. 책? 새 책도 아니었다. 나는 커다란 벌레가 그려진 낡은 표지를 보며 고개를 갸웃거렸다. 나는 천천히 책장을 넘겨 보았다. 자연스럽게 넘어 가던 책장이 중간에 멈춰 섰다. 책장 사이에 카드가 끼워져 있었다. 은행카드였다.

'카드?'

책을 옮기는 건지 카드를 옮기는 일인지 헷갈렸다. 뭔가 좀 수상했다. 영지 말이 자꾸 떠올랐다. 의심은 점점 두려움으로 바뀌어 갔다. 정말 나쁜 일에 관여된 건 아닐까? 나는 애써 고개를 저었다.

'어쩌지?'

역사 의자에 앉아 생각에 빠졌다. 나쁜 일이어도 상관없다. 따져보면 지금껏 내가 한 것도 아니었다. 모두 영지가 했으니 나는 모른 척하면 그만이었다. 그런데도 자꾸 손이 떨려 왔다. 그때 고객에게서 또 문자가 왔다.

- 학생, 계속 앉아만 있을 거야? 빨리 움직여라.

벌떡 일어나 주위를 살펴보았다. 누군가 나를 지켜보고 있는 것 같았다. 이제 손이 바들바들 떨렸다. 어떡하지? 도망갈 곳도 없었다.

"이번만 하자!"

소설책을 가방에 밀어 넣고 움직였다.

전철을 타고 목적지로 가면서 영지에게 전화했다. 전화는 여전히 꺼져 있었다. 직업소개소에 전화해서 물어봤다. 자기들은 그냥 중간에 연결만 해 준 거라며 아무것도 모른다고 했다. 알아서 하라고 전화를 끊었다.

카드 관련 아르바이트를 검색해 보고 깜짝 놀랐다. 비슷한 고민에 빠진 사람이 수없이 많았다. 보이스피싱에 관련된 카드 전달책 일을 하다가 잡혔다는 사람들 사연은 대부분 비슷했다. 단순히 심부름만 했는데도 엄한 처벌을 받았다는 내용도 있었다. 감옥이란 단어를 발견하고 얼른 화면을 닫아 버렸다. 두 손을 꼭 마주 잡았지만 떨림은 멈춰지지 않았다.

종로3가역에 도착했다. 4번 출입구 바로 앞에 보관함이 있었다. 보관함에 물건을 넣고 문자를 보내면 끝이었다. 빈 보관함을 열고 가방 속에서 책을 꺼내려는데 옆이 시끄러웠다. 조금 떨어진 다른 쪽 물품보관소에서 소동이 일어났다. 모자를 눌러쓴 청년을 세 명의 아저씨들이 둘러싸고 있었다.

"왜 이러세요?"

청년이 거칠게 저항하며 소리쳤다. 청년을 둘러싼 아저씨들이 신분증 같은 것을 보여 주었다. 곧 청년은 잠잠해졌고, 물품보관함을 열어 보여 주었다. 경찰인 것 같았다. 경찰, 물품보관함, 검사, 카드, 보이스피싱… TV 속에서나 보던 일이 내 눈 앞에 펼쳐지고 있었다. 주인공은 바로 나였다. 불쌍하고 억울한 역할이었다.

'쿠궁 쿵쿵'

심장 소리가 밖으로 들렸다. 뻣뻣해진 손을 꽉 쥐었다가 펴고 마저 일을 끝냈다. 보관함을 닫고 경찰 아저씨 쪽을 힐끔 쳐다보았다. 그중 한 사람과 눈이 마주쳤다. 얼른 고개를 돌렸다. 최대한 자연스럽게 개찰구 쪽으로 움직이려 했지만, 다리가 바닥에 붙어서 떨어지지 않았다.

"저기! 잠깐만요."

아저씨가 내게 뛰어왔다.

"잠깐 협조 좀 부탁합니다. 지금 넣은 것 좀 확인해 봅시다."

"네에?"

짧은 스포츠머리 아저씨는 경찰 신분증을 보여 주며 방금 넣은 보관함을 열어 보라고 했다.

"아… 아무것도 아닌데요. 그냥… 그리고 그거 한 번 열면 또 돈 들어요."

무슨 말을 하는지도 모르고 주절댔다.

"학생이에요? 우리가 관리자 불러서 열기 전에 협조 부탁합니다."

경찰 아저씨의 목소리가 달라졌다. 무거운 시선으로 나를 내려

보며 말했다. 숨이 쉬어지지 않고 눈앞이 뿌옇다. 경찰의 재촉하는 목소리만 노래방 에코처럼 귓가에 울렸다.

힘겹게 비밀번호를 눌러 보관함을 열었다. '덜컹' 문이 열리는 소리와 함께 나는 뒤로 주춤주춤 물러났다. 최대한 경찰과 떨어졌다. 경찰은 보관함 안에 물건을 꺼내었다. 상자를 열어 보고 나를 쳐다보았다.

"운동화?"

경찰 손에는 새로 산 운동화가 들려 있었다. 경찰은 운동화를 꺼내 바닥까지 꼼꼼히 살폈다. 경찰이 아무 말 없이 나를 내려 보았다. 아직도 의심이 가시지 않은 눈빛이었다. 시선이 내 등 뒤에 가방으로 향했다.

"학생, 가방도 좀 봅시다."

경찰이 손짓으로 가방을 가리켰다. 나는 로봇처럼 명령에 따랐다. 가방 지퍼를 열었을 때, 잡동사니 사이로 소설책이 눈에 띄었다. 경찰은 소설책을 꺼내 집어 들었다.

"변신?"

책 표지에 그려진 벌레가 내 셔츠 안으로 기어들어 오는 느낌이 들었다. 꿈틀꿈틀 벌레가 배를 타고 가슴으로 올라와 속옷 속으로 들어왔다. 주저앉고 싶은 걸 간신히 버티었다.

"야, 얼른 빠져."

맞은편에서 다른 경찰이 급하게 손짓을 했다. 머뭇거리던 경찰이

책을 내밀었다. 협조 감사하다 어쩌고 말하는 것 같았지만, 내 귀에는 하나도 들리지 않았다.

정신을 차려 보니 가방을 메고 걷고 있었다. 어느 방향인지 모르고 전철 역사로 내려왔다. 눈이 아프도록 눈물을 참아야 했다. 사람들이 별로 없는 역사 제일 안쪽 의자에 앉았다.

"휴우."

숨을 길게 내쉬어 보지만 쉽게 마음이 진정되지 않았다. 아직 가방 책 속엔 카드가 그대로 남아 있었다. '이제 어떡하지? 일은 다 영지가 했으니까 난 괜찮겠지.' 그냥 모른 척하면 될 거라 애써 좋게 생각했다. 하지만 경찰, 카드, 감옥…. 자꾸 안 좋은 생각이 머릿속을 비집고 들어왔다.

'어떻게 해.'

머리를 감싸 쥐었다. 그때 바닥을 향한 내 시선 안으로 불쑥 신발이 들어왔다. 얇은 발목에 청반바지와 검은 후드티 입고 모자를 눌러쓴 영지가 내 앞에 서 있었다.

"알… 영지, 네가 왜 여깄어?"

놀라서 말을 더듬거렸다.

"그냥 네가 걱정돼서!"

영지 얼굴에 미소가 가득했다. 좋은 일이 있는 사람처럼 보였다. 영지의 키가 그사이 더 커 보였다.

"영지, 너 땜에 이렇게 된 거잖아. 그니까 네가 다 책임져."

"뭘 내가 책임져? 무슨 일 있었어?"

의자에서 벌떡 일어났다. 영지는 물러서지 않고 당당히 이마를 맞대어 왔다. 나는 뒤로 물러나 벽을 손으로 짚고 버티었다. 앉지도 서지도 못한 어정쩡한 자세가 되었다.

"이게 진짜! 인제 와서 발뺌하겠다. 너 우리나라에 CCTV가 얼마나 많은 줄 알아. 영지 네가 한 걸 모두…"

미처 말을 다 하지 못하고 의자에 다시 주저앉았다. 내 눈은 영지를 발끝에서 머리끝까지 훑어보았다. 청반바지에 검은색 후드티와 회색 모자를 꾹 눌러쓴 영지의 모양새가 나랑 비슷했다.

"아, 모자! 돌려줄게. 이제 필요 없을 것 같네."

영지가 내게 회색 모자를 내밀었다.

"영지, 너 일부러 나랑 똑같이 입고 다닌 거야? 내 행세 한 거냐고?"

"무슨 말이야. 수민아. 난 전혀 모르는 일이거든."

영지는 웃음을 그치지 않았다.

"영지 너랑 주고받은 메시지도 있어. 이거면 너도 무사하진 못할걸."

내가 휴대전화 화면에 메시지를 띄웠다. 거미줄처럼 금이 간 액정이 이제 깜박거리기까지 했다.

"수민아, 메시지엔 네가 나한테 다 시키는 내용밖에 없어. 이 메시지를 보면 수민이 네가 중간책이 되는 거야. 중간책은 단순 알바생보다 훨씬 무거운 벌을 받는다는 것 같더라. 사실인지 확인하고 싶으면 경찰한테 다 보여 주든지."

"야! 너!"

영지 얼굴을 향해 손을 날렸다.

짝!

소리와 함께 영지의 얼굴이 헝클어진 머리카락에 가려졌다. 영지가 머리를 뒤로 넘기며 날 쳐다보았다. 놀란 표정은 금방 웃는 미소로 바뀌었다.

"내가 왜 알영지가 된 줄 알아? 너한테 덜 괴롭힘당하려면 돈이 필요했거든. 진짜 많은 경험을 해 봤다. 그 덕에 처음부터 이 일이 보통 일이 아니라는 걸 알았지. 그래서 너한테 넘긴 거야. 이건 나한테 신이 주신 알바였어."

"내가? 내가 뭘? 어릴 때 친구끼리 장난 좀 친 걸 가지고 그러냐?"

"너한테는 장난이었지? 당하는 사람은 아니거든. 그래서 난 학교도…"

"그래서 전학 간 거야?"

"전학? 억울한 게 그거야. 난 학교까지 그만둘 정도로 힘들었는데, 너는 기억도 못해. 그냥 착한 딸, 착한 학생으로 살잖아."

영지의 눈에 눈물이 글썽거렸다.

띠링! 그때 고객에게서 다시 문자가 날아왔다.

- 대명고 2학년 2반 김수민. 양천구 신정4동.

문자를 보는 순간 심장이 내려앉았다.

- 카드 전달이 늦어서 대신 네가 은행에 가야겠다. 어디 사는지 누군지 다 아니까 딴생각 말아라.

깨진 액정화면의 거미줄이 온몸을 휘감아 왔다.

"그냥 장난이었다고."

영지의 소매를 붙잡았다. 탁! 차갑게 손을 뿌리치고 영지가 뒤돌아 가 버렸다. 나는 어디로 가야 하지? 내 몸은 힘없이 바닥으로 떨어져내렸다.

작가의 말

근심의 신이 있습니다. 인간을 만든 세 명의 신 중 하나입니다. 인간은 영혼, 흙의 몸, 근심으로 만들어졌습니다. 그래서 죽으면 흙으로 돌아가고, 영혼이 분리되고, 살아서는 근심과 걱정을 늘 달고 살아야 합니다. 인간이 혼자 살 수 없는 이유이기도 합니다. 항상 옆에 근심과 걱정을 들어주고 공감해 줄 친구가 필요합니다.

내 옆에서 나와 공감해 주는 사람이 친구입니다. 친구는 이유도 없고, 바라는 것 없이 내 편이 되어 줍니다. 모든 걸 이해해 준다고 쉽게 상대하는 것은 잘못입니다. 친구에게 상처를 주고 친구니까 괜찮다고 생각합니다. 때로는 모른 척하기도 합니다. 나에겐 별것 아닌 일이 다른 사람에겐 큰 상처가 되기도 합니다.

"얼마나 아프고 힘들었어?"

친구의 근심을 알았다면 한 번쯤 물어봐 주면 어떨까요? 다가가 옆에 앉아 주는 건 어떨까요? 감정을 공유할 순 없지만, 함께해 주려는 것만으로도 친구는 힘을 얻을 수 있을 겁니다. 내가 근심과 걱정에 싸여 있을 때 그때 그 친구도 함께 있어 줄 겁니다.

밥도둑을 기다리며

문부일

저녁 식사 전에 반찬 배달을 끝내려면 서둘러야 한다.

'밥도둑 반찬'의 오늘의 메뉴는 한우장조림, 시금치무침, 어묵볶음 그리고 감기에 좋다는 콩나물북엇국이다. 사장님인 엄마는 스스로 왕곡동 대장금이라고 말할 만큼 반찬 솜씨가 뛰어났다. 다만 몇 가지 비밀을 폭로하자면 장조림은 한우가 아니라 호주산 소고기로 만들었다. 화학조미료도 전혀 쓰지 않는다고 광고하지만 다시다와 미원을 조금씩 넣었다. 거짓말을 하지 말라고 했더니 조미료의 성분인 MSG가 몸에 해롭지 않다는 연구 결과를 늘어놓는 대장금님. 그리고 조미료 맛에 익숙한 손님들을 위한 배려라고 덧붙이기까지 했다. 이쯤 되면 합리화의 달인이었다.

온종일 반찬을 만든 탓에 집 안에서 이상한 냄새가 풍기는 것 같아 창문들을 활짝 열었다.

순식간에 불어오는 차가운 바람에 블라인드가 요란하게 흔들렸고, 엄마가 기침을 심하게 해서 문을 닫았다.

텔레비전 기상 예보를 보니 모스크바보다 우리나라가 더 춥다는데, 두 시간 동안 자전거를 타서 아파트 단지와 골목을 누벼야 한다. 벌써부터 동상에 걸린 듯, 손끝으로 시린 통증이 전해지는 기분이었다. 자전거로 배달이 가능한 열다섯 곳은 내 몫이고 나머지는 엄마가 차로 배달한다. 일을 돕던 알바생 누나가 지난주에 갑자기 관두는 바람에 내가 고생을 하고 있다.

엄마는 포스트잇 메모를 반찬통에 붙였다. 사장님만의 힐링 감성 마케팅이었다.

어묵볶음에는 '거센 파도를 이겨내 태평양으로 가는 물고기처럼 힘차게!'라고 적혀 있었다. 라디오 방송 오프닝 멘트 같았다. 태평양으로 가던 중 그물에 걸려 원치 않게 어묵으로 다시 태어난 비운의 이름 모를 물고기를 애도하자고 적어야 하지 않을까? 예상외로 손님들은 이런 짧은 메모를 좋아했고, 입소문이 나서 손님이 늘었다.

"알바비 많이 줄 거지? 시간당 이만 원을 안 주면 고발할 거야!"

손끝에 연고를 발랐다. 장조림에 들어가는 메추리알 껍질을 벗기느라 손가락에서 통증이 전해졌다.

엄마도 피부 연고를 목과 팔꿈치에 발랐다. 며칠 전부터 온몸이 가렵다면서 계속 긁어 대 목에서 피가 나고 피부가 딱딱해졌다. 하지만 일하느라 엄마는 피부과에 갈 시간이 없다.

"탄호야, 인생 공부하는 셈치고 오늘도 고생해라."

엄마가 먼저 나갔다.

나도 반찬 가방을 들고 나가면서 모자를 푹 눌러썼다. 목도리로 머리를 감싸고 마스크로 얼굴을 가리는 것도 잊지 않았다. 우리 학교 아이를 만나면 낭패다.

몇 달 전까지 엄마는 아파트 상가에서 반찬가게를 했다. 하지만 임대료가 오르고 주변에 다른 반찬가게가 많아지면서 장사가 안 돼 고민 끝에 집에서 반찬을 만들어서 배달하기로 했다. 세 가지 반찬과 국을 일주일에 다섯 번 배달해 주고 이십만 원을 받는다. 맛있고 저렴하다고 소문이 나서 손님이 꾸준히 늘고 있다.

반찬 배달은 장점이 많았다. 가게가 필요 없으니 임대료를 아낄 수 있고, 직원이 없으니 고정 지출이 거의 없다. 뿐만 아니라 예전에는 수십 가지 반찬을 만드느라 바쁘고, 안 팔리면 버렸지만 지금은 세 가지만 만들면 돼 편하다. 그만큼 이득이 늘었다.

푸른숲 아파트로 들어가며 주차장 입구에 서 있는 거울을 보았다. 옷차림이 영락없이 지리산으로 등산 가는 아재였다. 북극 눈밭 위를 뒹굴어도 얼지 않을 것 같은 등산복 바지를 입었지만, 다리가 시려서 내일부터는 내복을 더 껴입어야겠다. 두툼한 가죽 장갑을 끼고 자전거 핸들을 잡았지만 손도 시렸다.

101동으로 들어가 배달을 시작했다.

103호 할머니는 어제 잡채에 참기름이 많이 들어가서 느끼하다고 투덜거렸다. 204호 아저씨는 오이무침이 달다고, 설탕이 당뇨병의 원인이라며 구시렁거렸다. 수십 명의 입맛을 맞추는 것보다 수능 시험 만점을 받는 것이 더 쉬울 것 같다.

503호 할아버지는 어느 학교에 다니는지, 공부는 잘하는지 쉬지 않고 물었다. 혼자 살다 보니, 이야기할 사람이 필요한 것일까?

703호에는 아무도 없어서 전화를 했다. 욕쟁이 할머니가 반찬을 문 앞에 두고 가라고 했다. 카랑카랑한 목소리는 건강하다는 증거였다. 북엇국이 얼 수도 있다고 말하며 전화를 끊었다. 그 할머니는 보름 전에 집에서 쓰러졌는데 마침 옆집 사람이 발견해 119에 신고했다고 한다. 그 소식을 들은 아들이 반찬 배달을 주문하면서 잘 살펴 달라고 부탁했다.

계단을 뛰어다니느라 몸에서 열이 났고 등에서 땀이 흘렀다. 며칠 더 하면 몸살이 올 것 같다. 엄마는 거의 매일 반찬을 만들고, 배달까지 어떻게 했을까.

아파트 배달을 마치고 우리 동네에서 가장 낡은 원룸 빌라에 도착했다. 벽에 붙은 장식용 타일이 떨어져 곳곳에 상처가 난 것 같다. 지난여름, 한반도를 강타한 태풍에 무너져 내리지 않고 버티는 것이 신기하다.

3층으로 올라가 2호 초인종을 눌렀다.

혼자 살면서 국어교사 임용고시를 준비하는 아저씨가 나를 반가워했다. 다른 지역에 사는 어머니가 아들이 식사를 거른다며 반찬 배달을 신청했다. 하지만 아저씨는 그 누구보다 밥을 잘 챙겨 먹는 것 같다. 출렁거리는 뱃살이 증명했다.

"잡채를 가장 좋아하는데 양이 너무 적더라. 다음부터는 반찬을 많이 넣어 줘!"

아저씨는 삼십 대 중반인데 면도를 하지 않고, 머리카락도 많이 빠져서 사십 대로 보인다. 고시생이라고 온몸으로 광고하는 비주얼이었다. 엄마한테 말해서 채소 반찬을 더 챙겨 줘야겠다.

"기말고사 국어 시험 어렵지 않아? 내가 언제든 도와줄 테니 문제집 가지고 와라! 공짜 과외!"

푸근하게 웃는 아저씨를 볼 때마다 삼 년 전에 암으로 세상을 떠난 아빠가 떠오른다. 날씬해서 청바지가 잘 어울렸던 아빠도 지금 살아 계셨다면 저렇게 아저씨로 변했을까?

"며칠 뒤에 시험 발표야! 합격하면 나랑 베그 한 판 하자!"

아저씨의 수다는 끝이 없었다. 혼자 사는 사람들은 나를 붙잡고 이야기 폭탄을 터트렸다.

다섯 시 전에 배달을 무사히 마치고 집에 왔다.

문 앞에는 내일 반찬 재료가 쌓여 있었다. 쪽파, 대파의 알싸한 매운 냄새를 맡으니 손끝이 저리는 느낌이었다. 쪽파를 다듬는 것도 내 몫이다. 손님이 다섯 명이나 더 늘어야 조리 도우미 알바생을 쓰겠다고 고집부리는 왕곡동 대장금 님. 밥도둑이 아니라 청소년 열정 도둑이나 마찬가지였다.

등산복을 갈아입고 하품을 하며 소파에 누워 과자를 집어 먹고 있었다.

시끄럽게 울려 대는 전화 소리에 눈을 떴다. 나도 모르게 잠이 들었나 보다.

"학생! 반찬 배달 아직 안 했어?"

욕쟁이 할머니가 귀에 대고 고함을 지르는 것 같았다.

이번 주에 101동에서 반찬이 세 번이나 없어졌다. 왕곡동 반찬 장발장을 어떻게 잡아야 할까?

옷을 대충 챙겨 입고 자전거를 타서 아파트로 가 할머니한테 반찬을 건넸다.

"썩을 놈! 장조림이 얼마나 한다고 훔쳐 가냐! 잘 먹고 백 년 만 년 살아라!"

할머니가 소리를 질러 대자 지나가던 사람들이 흘낏거렸다. 금은보화로 양념한 장조림이 없어진 줄 알 것 같다.

7층 복도를 둘러보았다. 701호부터 710호까지 열 집이 있다. 누구의 짓일까? 사생활 보호를 위해 복도에 카메라가 없었다.

아파트 단지를 빠져나오는데 금요일에 재활용품을 버리는 날이라는 안내문이 붙어 있었다. 바로 내일이었다. 101동 손님들에게 반찬 도둑이 있으니, 재활용 수거함에 반찬통을 버리는 사람이 있으면 알려 달라고 문자를 보냈다. 확실한 증거를 제보하면 일주일 동안 반찬을 무료로 드린다고 여러 번 강조했다.

금요일, 이번 주 마지막 배달이다. 주말에는 쉰다고 생각하니 힘이 났다.

주말에도 드실 수 있도록 반찬을 넉넉하게 넣고, 국도 2개씩 포장했다.

기침이 빨리 낫지 않아 엄마는 입에 마스크를 하고 일을 했다. 더 큰 문제는 가려움이었다. 한밤중에도 몸을 긁느라 잠을 이루지 못해 눈이 퀭했다.

반찬을 가방에 담고 있는데, 101동 아저씨가 재활용 수거함에 어떤 젊은 여자가 반찬통을 많이 버린다고 다급하게 신고했다. 엄마한테 도둑을 잡았다고 말하면서 점퍼를 들고 밖으로 나갔다.

자전거를 타서 전속력으로 달렸더니 금방 아파트 단지에 도착했다.

재활용 수거함 근처에 서 있던 아저씨가 숏커트를 한 여자를 손으로 가리켰다. 여자는 나보다 몇 살 많아 보였다.

"저기요! 밥도둑 반찬 손님이세요?"

헉헉거리느라 발음이 정확하지 않았다.

"아니!"

여자는 다짜고짜 반말이었다.

"그러면 우리 가게 반찬통을 왜 버리셨어요?"

"너 경찰이야? 내가 너한테 다 말해야 돼?"

여자가 바닥에 침을 뱉으면서 매섭게 쏘아보았다.

눈빛이 너무 강해 똑바로 볼 수 없었다. 왕곡동 대표 싸가지였다.

"학생, 주문도 안 하고 어떻게 우리 반찬을 먹는 거야?"

엄마가 허겁지겁 달려왔다. 싸가지를 노려보는 사장님의 눈빛도 만만치 않았다.

"제가 반찬을 훔쳤다고 의심하는 거예요? 훔쳐 먹을 만큼 맛있지도 않던데! 자세히 알아보지도 않고 의심하는 것도 폭력이에요. 폭력!"

싸가지가 몸을 부르르 떨면서 눈을 치켜떴다. 폭력이라는 말에 입을 다문 엄마.

"반찬 주문도 안 하면서 어떻게 맛을 알아? 내가 만든 반찬, 맛있다고 동네방네에 소문났어!"

반찬이 맛있다고 소문이 났는지는 모르겠지만, 엄마의 목소리가 동네방네에 퍼져 나가고 있었다.

"지난번에 쓰러졌을 때 나를 구해 준 은인이 바로 민주야. 그래서 내가 반찬을 챙겨 줬어."

빈 상자를 든 욕쟁이 할머니가 걸어왔다. 싸가지가 팔짱을 끼고 나와 엄마를 노려봤다.

엄마가 헛기침을 하며 싸가지한테 사과를 했다.

"아줌마, 미국산 소고기를 왜 한우라고 속이세요?"

싸가지가 수사하는 형사처럼 엄마를 다그쳤다.

"네가 음식 만드는 거 봤어? 미국산 아니고 호주산이야! 청정 지역 호주산!"

호주산이라고 자랑하듯이 말하던 엄마가 손으로 입을 막았다.

내 얼굴이 화끈거리고 귀까지 뜨거워졌다.

"아줌마, 조미료도 넣지 마세요. 미원하고 다시다를 팍팍 넣었죠?"

싸가지의 압승이었다. 우리 동네 대장금은 엄마가 아니라 절대미각 싸가지였다.

"팍팍이 아니라, 아주 조금 넣었어! MSG가 몸에 해롭지 않다는 신문 기사도 안 봤냐?"

왕곡동 대장금이 휴대전화를 꺼내 MSG 관련 기사를 찾는 사이, 싸가지는 구석에 있는 빨간 오토바이를 타고 사라졌다. 거친 굉음이 엄마와 나를 비웃는 것 같았다.

"저 말본새 좀 보세요! 어른한테 저렇게 말해도 돼요?"

엄마가 사람들한테 흉을 보기 시작했다.

"열아홉 살인데 학교도 때려치우고, 가끔 배달 아르바이트를 하는데, 독한 구석이 있지."

어떤 아줌마가 거들었다.

"부모 없이 고모랑 사는데, 가슴에 악만 남았네! 독한 것!"

머리가 반쯤 벗겨진 할아버지가 끼어들었다.

또 누군가는 부모가 없으면 더 열심히 착하게 살아야 한다고 모범적인 말씀을 늘어놓았다. 그 말에 숨이 거칠어졌다. 아빠가 세상을 떠난 뒤 나도 지겹게 들었다.

"민주가 얼마나 착실하고 다른 사람을 잘 챙기는데, 알지도 못하면서 헛소리 말고 집에 가서 자식이나 잘 챙겨! 아니면 자빠져서 잠이나 자든지. 그놈의 입이 문제야!"

욕쟁이 할머니가 지팡이를 흔들며 눈을 부라렸다. 결국 반찬 도둑은 잡지 못했다.

월요일 오후, 배달을 준비하며 창밖을 내다보았다.

아침부터 조금씩 내리던 눈이 점점 굵어져서 멈출 생각을 하지 않았다. 다행히도 쌓이지 않고 녹아서 자전거로 배달을 할 수 있었다.

맞은편에 있는 학교의 텅 빈 운동장을 보니 아빠와 자전거를 배우던 때가 떠올랐다.

열 살 때, 초등학교 운동장에서 자전거를 타면서 자꾸 넘어져서 무릎이 깨져 피가 났는데, 그 흔적이 이제는 사라졌다.

"배달을 얼른 끝내고 누워야겠네."

엄마의 기침은 더 심해졌다. 주말에 병원에 가서 주사를 맞아도 효과가 없었다.

엄마는 박카스를 한 번에 두 병을 마시고 두꺼운 점퍼를 입었다.

"운전을 할 줄 알았다면 다 내가 할 텐데."

"자전거로 배달하기 창피할 텐데, 도와줘서 고마워. 곧 배달 알바를 구해야겠어."

힘없이 웃으며 밖으로 나간 엄마가 차에 올랐다. 나도 자전거 페달을 세게 밟았다.

먼저 아파트 101동으로 들어가 1층부터 반찬을 전달하고 뛰어서 5층으로 올라갔다. 점퍼 안에서 후텁지근한 열이 올라왔다.

503호 초인종을 눌렀다. 할아버지가 기다렸다는 듯이 문을 열었다.

"현관에서 보청기를 잃어 버렸어!"

할아버지가 고함을 질렀다.

바닥을 꼼꼼하게 살폈지만 보청기가 보이지 않았다. 그사이 배달을 재촉하는 전화가 왔다.

한참을 찾아 보니 보청기는 신발 안에 들어 있었다.

할아버지는 보청기 볼륨을 맞춰 달라고 부탁했다. 보청기를 내 귀에 갖다 대었는데 소리가 너무 커서 확성기를 달고 있는 듯 귀가 아팠다. 볼륨을 맞추는 버튼은 쌀알보다 작아 할아버지 눈에는 보이지 않았다.

보청기 소리를 조절하고 503호를 나왔다. 평소보다 십 분이나 늦어졌다.

부리나케 아파트 배달을 끝내고 자전거를 타서 골목으로 들어갔다.

속도를 내면서 달리다가 눈이 조금 쌓여 있는 모퉁이를 지날 때였다. 자전거가 중심을 잃고 넘어져서 반찬 가방이 바닥에 떨어졌다. 아픈 엉덩이보다 국물이 흐르는 반찬통이 문제였다. 뒤에서는 자동차가 시끄럽게 경적을 울려 댔다.

운전자에게 고개를 숙이고 서둘러 반찬을 가방에 담았다.

"아저씨, 다친 사람이 안 보여요? 도와주지는 않으면서 뭐 하는 거예요?"

빨간 오토바이가 내 앞에 멈췄다.

우리 동네 대표 싸가지가 길바닥에 떨어진 반찬통을 챙겨서 가방에 담고, 오토바이에 타라고 손짓했다. 내가 머뭇거리자 싸가지가 팔을 붙잡으며 타라고 소리를 질렀다. 그사이에 뒤에서 자동차들이 계속 경적을 울려 댔다. 자전거를 전봇대에 묶어 두고 오토바이에 올랐다.

"눈물이 앞을 가리네. 70년대 신문 배달하냐? 오토바이도 안 배우고 뭐 했냐?"

싸가지가 어디로 가면 되는지 물었다. 배달 목록이 적힌 종이를 내밀었다.

싸가지와 어울리지 않는 이름, 민주가 떠올랐다.

민주는 골목 끝에 있는 초록빌라 앞에 오토바이를 세우고 반찬을 들고 뛰어갔다. 나도 뒤뚱거리며 쫓아 올라갔다.

싸가지는 202호에 사는 할머니한테 반찬을 건넸다.

"멸치볶음이 맛있어요. 눈이 내리니까 웬만하면 나가지 마시고, 불편한 거 없으세요?"

손녀처럼 다정한 말투가 싸가지와 어울리지 않았다.

할머니가 연고를 꺼내 어디에 바르는 약인지 물었다. 민주는 스마트폰으로 검색을 해서 습진약이라고 알려 드렸다.

빌라를 나와 오토바이에 다시 올랐다.

"예상보다 친절하시네요. 그런데 왜 절 도와주세요?"

"욕쟁이 할머니가 네가 착하다고 많이 칭찬하셔서 도와주는 거야. 열심히 사는 사람은 복을 받아야 하잖아. 물론 쉽지 않지만!"

싸가지가 오토바이 속도를 높였다.

"처음 보는데 왜 반말이에요?"

"너 왕곡고 일 학년이잖아. 왕곡동 라이더 사이에서 자전거로 배달하는 네가 얼마나 유명한데!"

민주가 뒤돌아서 웃었다. 치아가 하얗고 가지런했다.

생각해 보니 오토바이를 탄 형들이 배달하는 나를 보면서 경적을 울리곤 했다. 빨리 오토바이를 배워야겠다.

누나는 주소만 보고서도 인간 내비게이션처럼 위치를 파악해 배달을 했다. 신속정확이었다.

마지막은 고시생 아저씨네 집이었다.

마침 아저씨가 빌라 밖으로 나왔다. 인사를 하며 반찬을 내밀었다.

"반찬 필요 없어. 밥 먹어서 뭐 하냐! 난 죽어야 해!"

아저씨는 쓰러질 것처럼 기운이 없었고 눈가가 붉었다.

오늘 임용고시 합격자를 발표한 것 같다. 아저씨의 얼굴이 결과를 알려 준 셈이다. 일 년에 한 번밖에 없는 시험을 다시 기다려야 하는 아저씨.

"무슨 일인지는 모르지만 힘들수록 식사를 하고 기운을 차리셔야죠."

누나가 반찬을 건넸다.

"왜 이렇게 귀찮게 해!"

아저씨가 화를 내면서 큰길로 달려갔다. 반찬들이 바닥에 떨어졌다.

누나에게 아저씨의 상황을 전했다. 누나가 3층으로 올라가 아저씨네 집 앞에 반찬을 내려놓았다. 그러고는 메고 있던 작은 가방에서 홍삼 음료를 꺼내 그 옆에 두었다. 뿐만 아니라 꾸깃꾸깃한 메모지에 '힘들 때일수록 든든하게 드세요! from 탄호'라고 적어서 음료수에 잘 붙였다.

"왜 제 이름을 적어요?"

"아저씨는 내가 누군지 모르잖아. 자신을 좋아하는 스토커 혹은 보험 판매 마케팅이라고 생각하지!"

"느닷없이 웬 음료수?"

"시험에 여덟 번째 떨어지면 어떤 마음이겠냐? 작년에 나도 너무 힘들었는데, 어떤 아줌마가 건넨 요구르트 하나에 힘이 났어. 홍삼 음료는 오늘 식당 할머니한테 받은 건데, 나는 쓴 음료 안 좋아해. 건강에 좋은 거니까 아저씨한테 딱이야!"

누나의 말을 듣다 보니 아저씨가 걱정이 되어서 전화를 했지만 받지 않았다. 내일 다시 만나 봐야겠다.

"누나 덕분에 이십 분 일찍 끝냈어요. 고마워요."

"아직 안 끝났어! 세상에 공짜가 없으니까 이제부터는 나를 도와줘야 돼!"

누나가 트렁크에서 헬멧을 꺼내 머리에 씌워 주었다. 그러고는 자기가 쓰던 뜨겁게 달궈진 핫팩 2개를 손에 쥐여 줬다. 꽁꽁 언 손이 바로 녹는 것 같았다.

"납치하는 거 아니니까 걱정 마."

누나는 어디로 가는지도 말하지 않고 오토바이 속도를 높였고 곧 큰길로 들어섰다. 얼굴에 부딪히는 시원한 바람에 쌓였던 스트레스가 날아가는 것 같았다.

삼십 분 동안 달려 도착한 곳은 옆 도시의 중심가였다. 친구들과 몇 번 온 적 있었다.

누나는 오토바이를 작은 공원 주차장에 세웠다.

"저 식당에 가서 양념 불고기 한 근만 포장해 와라."

누나가 만 원짜리 두 장을 흔들었다.

맞은편에 원가 파괴라고 적힌 현수막이 걸려 있는 한우 식당이 있었다. 가게 안에는 사람들이 붐볐고, 밖에도 줄을 서서 기다렸다.

"고작 불고기를 사려고 여기까지 온 거예요? 그렇게 맛집이에요?"

따스한 불빛 아래에 엄마 아빠와 함께 고기를 먹는 또래들이 눈에 들어왔다.

"아빠 보고 싶냐?"

"아빠 없는 거 어떻게 아셨어요?"

"아빠가 계시면 눈 내리는 날 고등학생이 자전거로 반찬 배달을 하겠냐?"

누나가 빨리 가서 고기를 사 오라고 등을 떠밀었다. 무슨 일이냐고 물어도 대답하지 않았다.

횡단보도를 건너 식당에 들어가 양념불고기 1인분을 포장해 달라고 했다. 직원은 너무 적게 산다고 싫어하는 눈치였다.

계산을 마치고 다시 공원으로 가 누나에게 고기가 든 봉지를 내밀었다.

누나는 골동품 감정하는 사람처럼 눈을 부릅뜨고 고기 색깔을 살펴보고 냄새를 맡았다. 끝이 아니었다. 휴대전화 카메라로 고기를 촬영해 그 사진을 카카오톡으로 누군가에게 보냈다. 잠시 뒤 전화가 와서 통화를 했다.

"수입산 맞죠? 확실한 거죠?"

누나가 웃으며 전화를 끊었다.

"배달하면서 친해진 한우 식당 주인 아줌마인데 수입산 소고기래! 한 가지 더 부탁할게. 지역 방송국이랑 농수산물 검사소에 연락해 줘."

누나가 공원 입구에 있는 공중전화 부스를 가리켰다.

"무슨 일인지 말해 줘야 전화할 수 있어요!"

누나가 먼저 배를 채우자고 하면서 가까운 햄버거 가게로 들어갔다.

소고기를 사고 남은 돈으로 햄버거와 콜라를 주문한 뒤 자리에 앉았다.

"부모님이 일찍 돌아가셔서 할머니랑 살았어. 형편이 어려워서 요리를 배우려고 전문계 고등학교를 다니면서 실습도 할 겸 저녁에는 한우 식당에서 알바를 했지."

누나가 콜라를 한 번에 마시더니 얼음을 씹어 먹고 이야기를 이어나갔다.

어느 날, 단체 손님이 넓은 방에서 식사를 하고 나갔다고 한다. 누나는 가장 먼저 들어가서 그릇을 치웠는데, 손님이 회비를 모은 오십만 원이 든 지갑을 두고 갔다며 급히 뛰어온 것이다. 한참을 찾아도 지갑은 없었다. 복도에 설치된 감시 카메라를 확인했는데 그 방에 들어간 사람은 누나뿐이었다.

"결국 경찰서에 가서 조사까지 받았지. 손님은 내가 부모 없이 할머니와 산다는 말에 불쌍하다며 그 돈을 그냥 가지라며 거지 취급하더라. 나한테는 경찰서에 와 줄 부모님이 안 계셨으니까."

누나가 뒤돌아서 휴지로 눈가를 훔쳤다.

도둑질을 했다고 학교와 동네에 소문이 나서 누나는 대인기피증이 생겨 학교를 관두고 집에만 갇혀 지내다가, 새롭게 살고 싶어서 몇 달 전 우리 동네로 옮겨 온 것이다.

"같이 일했던 언니를 지난주에 우연히 봤는데, 그 사건에 대해 이야기해 줬어."

누나는 내 앞에 있는 콜라까지 단숨에 마셨다. 나는 눈치껏 콜라를 가득 리필했다.

"그날 사장의 아들도 같이 일했는데, 음식을 서빙하면서 지갑이 바닥에 떨어진 것을 본 것 같아. 그놈은 손님이 나가자마자 창문을 통해서 방으로 들어가 지갑을 훔쳐 사라진 거야. 그때는 다들 정신이 없어서 눈치 채지 못했어."

"지금이라도 따져야죠!"

"증거가 없잖아. 사장은 일하던 아들이 갑자기 없어져서 알고 있었을 거야. 그놈이 좀 불량했거든. 하지만 주휴수당을 달라, 쉬는 시간을 보장하라고 요구하는 나를 자르고 싶었는데 마침 그 사건이 좋은 기회였던 거지."

이제 누나가 복수할 차례였다.

누나는 요즘 한우 전문점 배달을 도맡아 많이 하면서 한우와 수입산 고기를 구분할 수 있었다. 한우는 지방이 얇고 흰색 마블링이 선명한데, 미국산은 색깔이 조금 어둡고, 냄새도 다르다고 한다. 양념하면 속이기 쉬워서 그 사장은 불고기용으로 팔았던 것이다. 한우라고 거짓말을 한 왕곡동 대장금이 떠올라 헛기침이 나왔다.

햄버거 가게를 나와 공중전화로 지역 방송국 사회부에 제보를 했다. 국립농수산품질관리원 담당자는 고발 내용이 사실이면 보상금을 받는다고 했다.

"보상금은 네가 다 가져라. 그리고 내일 하루 더 반찬 배달을 도와줄게."

누나가 내 어깨를 다독거렸다.

어느덧 가로등에 불이 환하게 들어오고 바람이 더 차가워졌다. 사람들은 어디론가 걸음을 재촉했다. 누나가 오토바이 쪽으로 걸어갔다. 좀 더 있을 핑계를 찾으려는데 전화가 울렸다. 엄마였다. 받지 않았더니 또 시끄럽게 울려 대 수신거부를 눌렀다. 눈치 없는 사장님이었다.

누나가 오토바이에 기댄 채 얼른 타라고 손짓했다. 이제 보니 누나는 모델을 해도 될 정도로 다리가 길었다. 나는 두꺼운 등산복 바지와 내복을 껴입어서 다리가 짧아 보여 펭귄이 따로 없었다. 점퍼에서는 땀 냄새가 나는 것 같아 지퍼를 끝까지 올리고 오토바이에 탔다.

좁은 도로를 벗어나자 누나는 오토바이 속도를 높였다. 오토바이의 흔들림 때문일까? 몸에 전기가 통한 듯 떨렸다.

"탄호야, 시금치 좀 다듬어라."

이모가 방문을 열었다. 엄마를 도와주려고 일찍 왔나 보다.

침대 곁으로 내려앉은 햇빛이 얼른 일어나라고 다그치는 것 같았다.

오랜만에 화창한 아침이었다. 잠을 푹 잔 덕분에 욱신거리던 엉덩이가 많이 편해졌다. 누나가 준 핫팩을 엉덩이에 붙이고 잤더니 더 효과가 있었다.

엄마는 소파에 앉아 이모에게 멸치볶음 맛있게 하는 법을 전수

했다.

이모는 간장, 고춧가루, 설탕을 넣으며 요리에 집중했다.

이모가 만든 멸치볶음을 맛본 엄마의 얼굴에 그늘이 내려앉았다. 하지만 맛없다는 말은 하지 않고 괜찮네, 라고 희미하게 중얼거렸다. 이모가 아니면 도와줄 사람이 없기 때문이다.

나도 멸치를 집어 먹었다. 식용유를 많이 넣어서 느끼했다. 멸치를 기름장에 찍어 먹는 맛이었다. 같은 재료를 사용해서 이렇게 독특한 맛을 내는 것도 능력이었다. 안타까운 능력!

이모가 며칠 동안 더 반찬을 만들면, 손님들이 환불하라고 집 앞까지 몰려올 것 같다.

"내가 빨리 나아야 할 텐데!"

엄마는 안방에 들어가 침대에 누웠다. 오늘은 반찬통에 붙이는 포스트잇 메모도 없었다.

점심을 늦게 먹고 배달 준비를 했다.

"오늘은 기분이 좋아 보이네."

엄마가 약을 먹으며 나를 지켜보고 있었다. 나도 모르게 콧노래를 흥얼거렸나 보다.

머쓱하게 웃으며 방에 들어가 최근에 산 청바지를 입었다.

"청바지 입으면 배달할 때 불편하잖아. 늘어난 추리닝이 편해!"

배달을 준비하는 이모는 두툼한 옷을 많이 껴입고, 빨간색 점퍼까지 걸쳐 움직이는 우체통 같았다.

"비주얼이 중요한 시대잖아. 배달할 때도 옷차림을 깔끔하게 해야 음식이 더 맛있지."

청바지와 가장 잘 어울리는 단화를 신었다. 그 신발을 신고 자전거를 타면 발이 아프지만 오토바이를 탈 테니 상관없었다. 머리에 왁스를 바르려다가 참았다. 요즘은 꾸민 듯 안 꾸며야 한다.

반찬 가방을 챙겨 밖으로 나와 자전거에 올라 페달을 세게 밟았다.

사거리를 지나자 멀리 아파트 입구에 서 있는 누나가 손을 흔들었다.

주차장 근처에 자전거를 세우면서 휴대전화 액정으로 얼굴을 살펴보았다. 깜빡 잊고 비비크림을 바르지 못했다.

"오늘 방송국에서 한우 식당에 취재를 간 것 같아! 탄호, 덕분이야!"

누나가 호들갑스럽게 말하더니 반찬통을 챙겨 101동으로 뛰어갔다.

잠깐이라도 이야기를 나누고 싶었지만 누나는 게으름을 피우지 않는 에너자이저였다. 나도 102동 배달을 시작했다.

아파트 배달을 마치고 누나와 편의점 안에서 커피를 마셨다.

"치킨이나 족발 배달은 주로 남자가 하는데, 힘들지 않아요?"

"남자만큼 빨리 뛸 수 있도록 매일 운동하고 있어. 봄에 마라톤 대회에 같이 나갈래?"

누나는 달리기하는 시늉을 했다.

그 모습을 보며 웃고 있는데 고시생 아저씨가 보낸 문자가 왔다.

- 어제는 미안했어. 맛있는 반찬, 영원히 잊지 않을게. 너랑 게임을 못해 아쉽네. 더 이상 반찬 배달하지 않아도 돼. 행복해라. 난 이제 떠난다.

평소의 아저씨의 말투와 너무 달라 메시지를 여러 번 읽었다. 그럴수록 서늘한 느낌이 들어서 문자를 누나에게 보여 줬다. 누나의 표정도 굳어졌다. 나와 같은 생각을 한 것 같았다.

아저씨에게 전화를 했지만 전원이 꺼져 있다는 기계음이 들려왔다.

"예감이 안 좋아! 어릴 때부터 혼자 지내서, 혼자 사는 사람들한테 관심이 많아. 또 지난 해 대인기피증을 겪을 때, 힘들다고 털어놓을 사람이 곁에 없어서 더 고통스러웠고, 독한 마음을 먹은 적도 있어. 아저씨의 마음을 조금은 알 것 같아."

쓰러진 욕쟁이 할머니도 누나가 발견했다.

누나가 먼저 일어났다. 나도 남은 커피를 쓰레기통에 버리고 오토바이에 올랐다.

빌라에 가는 시간이 길게 느껴졌다. 아저씨는 여전히 전화를 받지 않았다.

빌라에 도착해 302호로 뛰어가 현관문을 두드렸다. 대답이 없었다. 누나가 복도에 붙어 있는 임대 안내문을 살펴보더니 주인의 연락처를 찾고 바로 전화를 했다. 다행히도 아줌마가 옆 아파트에 살고 있었다.

나는 계속해서 302호 문을 두드렸지만 안에서는 아무 소리도 들리지 않았다.

"경찰에 먼저 연락할까? 나는 자신이 없어."

헉헉거리며 달려온 집주인이 문 앞에서 한숨을 내쉬었다.

누나가 주인이 건넨 도어락 자동카드로 문을 열었다. 충격적인 장면을 볼 자신이 없어서 눈을 감았다. 누나가 안으로 들어갔다. 눈을 떠 보니 방에는 아무도 없었다. 화장실을 살펴볼 차례였다. 누나가 천천히 문손잡이를 돌렸다.

"무슨 일이야?"

아저씨가 뒤에 서 있었다. 군인처럼 머리를 짧게 잘라 몇 년은 더 젊어 보였고, 수염도 밀어서 깔끔했다.

나는 아저씨의 손을 덥석 잡으며 자초지종을 말했다.

집주인이 아저씨를 위로하고 먼저 내려가고, 나와 누나는 좁은 방에 앉았다.

"그 문자는 이 동네를 떠나 다른 곳에서 살겠다는 뜻이었어. 나한테 관심 갖는 사람은 탄호밖에 없네. 문자를 수십 명에게 보냈는데 답문이 없었어. 그리고 어젯밤에 쓸쓸하게 집에 왔는데 홍삼 음료, 정말 고마워."

아저씨의 목소리에 물기가 묻어났다.

"그 음료는 제가 아니라 이 누나가 챙겨 드린 거예요."

나는 누나를 소개했다. 아저씨가 누나한테 고맙다고 고개를 숙였다.

"저도 힘들 때 홍삼 음료를 마시는데, 기운이 나더라고요."

누나가 천연덕스럽게 거짓말을 했다.

"다음에 돈 벌면 고려홍삼 음료 한 상자를 선물할게요."

아저씨의 말에 누나가 머쓱하게 웃기만 했다.

바닥이 너무 차가워 엉덩이가 얼 것 같았다. 구석에 반찬이 그대로 쌓여 있었다. 책꽂이에 가득했던 책이 하나도 보이지 않아 낯설었다.

"8년 동안 학원 강사, 과외하면서 돈을 벌어 공부했는데 이제 포기할 거야. 공부가 너무 지겹고, 책을 보면 속이 답답해! 이렇게 살다 보니 마음을 털어놓을 친구가 한 명도 없네."

아저씨가 살아온 이야기를 들려줬다. 고등학생 때 전교 일 등을 놓치지 않았는데 형편이 어려워 사범대 국어교육과에 진학했다고 한다. 졸업 이후 임용고시에 계속 탈락해 요즘은 우울증 약을 먹고 있나 보다.

아저씨는 약을 물도 없이 삼키고는 또 한숨을 내쉬었다. 한숨을 쉬려고 태어난 사람 같았다.

"우울할 때는 바쁘게 몸을 움직이면 쓸데없는 생각도 멈출 수 있고, 피곤해서 잠도 잘 와요. 저도 방에만 갇혀 지내다가 이 동네로 와서 배달 일을 하니까 좋아요."

누나가 일 년 전에 겪었던 일을 담담하게 말했다. 아저씨가 조용히 귀담아 듣다가 입을 열었다.

"오토바이로 배달하기 어려울 텐데, 대단하네요. 그 용기가 부러워요."

"말씀 편하게 하세요. 서빙 알바 하다가 겪은 그 일 때문에 지금도 가게에 있는 게 싫어요. 배달하면서 오토바이 타면 시간도 빨리 흘러가고 쓸데없는 생각도 사라져서 좋아요."

"그래, 내가 삼촌뻘이니까 편하게 대할게. 배달 알바를 하고 싶어도 오토바이를 탈 줄 몰라! 지금까지 뭘 하고 살았는지! 이놈의 인생이 너무 답답해!"

아저씨가 한숨을 내쉬었다.

"저도 오토바이를 몇 달 전에 배웠는데 재미가 있어서 금세 잘 타게 되더라고요. 다음에 탄호랑 아저씨한테 오토바이 타는 법, 특별 훈련 할게요. 공짜 특훈!"

전화가 왔다. 어떤 할머니가 반찬 배달이 너무 늦다고 재촉했다.

좁은 원룸에 혼자 있을 아저씨가 걱정이 되었지만 배달이 밀려 누나와 나는 일어났다. 아저씨에게 아무런 도움을 줄 수 없었다.

배달을 마치고 집에 갔다. 평소 같으면 엄마는 분주하게 내일 반찬 준비를 하느라 정신이 없을 테지만 부엌이 썰렁했다. 엄마는 기침을 하며 침대에 누워 있었다.

"친절하게 배달을 잘한다고 손님들이 옆집에 사는 사람들도 반찬 주문한다고 소개해 줬어. 근데 같이 간 여자는 누구야?"

엄마의 얼굴이 너무 창백했다. 민주 누나라고 작게 말했다.

"성격도 이상하고 학교도 자퇴한 애랑 왜 어울려?"

엄마는 부모 없는 아이라는 말은 덧붙이지 않았다.

"눈길에 미끄러졌는데 먼저 누나가 도와줘서 배달을 마쳤어."

엄마는 더 이상 잔소리를 할 기운도 없어 보였다. 얼굴이 하얗게 변했고, 입술이 파랬다.

샤워를 마치고 엄마에게 식사를 하자고 크게 말했지만 대답이 없어서 안방 문을 열었다.

엄마의 숨소리가 너무 거칠었다. 이마도 뜨거웠다. 심상치 않은 상황이라 이모에게 전화했지만 통화가 안 됐다. 도와 달라고 부탁할 어른이 주변에 없었다. 아빠가 세상을 떠난 뒤, 엄마와 나는 아빠와의 추억이 없는 낯선 곳으로 이사를 왔다.

마침 누나가 한우 식당과 관련해 전화를 했다. 누나에게 엄마의 상태를 말했더니 빨리 119에 연락하라고 재촉했다.

앰뷸런스를 타고 병원으로 향했다. 식은땀을 흘리는 엄마를 보니 아빠의 마지막 얼굴이 겹쳐졌다. 아빠는 힘겹게 내 손을 잡고 한참을 중얼거렸지만 소리가 너무 작아서 정확히 듣지 못했다. 나는 계속해서 엄마에게 조금만 참으라고 말했다. 엄마는 괜찮다고 대답했다.

누나가 문자로 어느 병원으로 가고 있는지 물어보았다.

대학병원 응급실에 도착해 엄마는 바로 검사를 받았다.

“피로가 너무 심해서 면역력이 떨어진 거야. 푹 쉬지 않으면 다른 병에 걸릴 수 있으니까 당분간 쉬어야 해.”

의사선생님이 엄마의 상태를 자세하게 말해 주었다.

몸이 가려운 것은 면역력이 떨어질 때 나타나는 건선이었다. 더 악화되면 발톱과 손톱이 빠질 수 있단다.

소독약 냄새와 어수선한 응급실 분위기에 익숙해질 무렵 누나와 아저씨가 보였다. 순간, 다리에 힘이 풀려서 의자에 걸터앉아 엄마의 상태를 전했다.

“걱정 마! 그 정도는 잘 먹고 쉬면 금방 나아!”

아저씨의 말투가 이렇게 따뜻한지 처음 알았다. 아저씨는 의사선생님을 만나러 갔다.

정신을 차리고 누나에게 어떻게 해서 아저씨와 함께 왔는지 물었다.

“병원으로 오는데, 알바를 구하러 다니는 아저씨를 만났어. 아줌마 이야기를 했더니 같이 가자고 하면서 바로 택시를 잡더라.”

누나가 수건으로 엄마 이마에 맺힌 땀을 닦아 주었다.

“어머니는 내일 아침 일반 병실로 옮기고, 며칠 후 퇴원하면 된대. 집에서도 일주일 이상 쉬어야 건강을 회복할 수 있다고 의사선생님이 신신당부를 했으니까 탄호가 신경써야겠어.”

아저씨의 표정이 담임선생님 같았다.

아저씨가 밥을 먹고 오라고 했지만 나는 엄마 옆을 떠나지 않았다.

가까이에서 보니 엄마 얼굴에 기미 주근깨가 많았고, 몇 년 사이에 주름도 늘었다.

몇 시간이나 지났을까? 잠에서 깨어난 엄마는 아저씨, 누나와 인사할 겨를 없이 반찬 준비를 걱정했다.

"건강보다 반찬이 중요해? 손님들에게 일주일 동안 반찬 배달을 못 한다고 알릴게."

엄마의 손을 잡았다. 습진이 심해 곳곳이 갈라졌고 건선 때문에 팔에 울긋불긋 상처가 났다.

"약속을 못 지키면 단골손님이 다 떨어져나가!"

엄마가 힘겹게 말하며 다시 잠들었다.

손님들에게 단체 문자를 보내려고 하는데 누나가 말렸다.

"반찬을 내가 만들면 어떨까? 욕쟁이 할머니한테 도와 달라고 하면 돼. 그 할머니도 식당에서 오랫동안 일을 해 솜씨가 좋고, 나도 조리사 자격증이 있어. 그리고 아저씨가 차로 반찬 배달 좀 도와주세요!"

누나가 아저씨를 바라보았다.

"잘할 수 있을까? 학원 수업이나 과외 말고 몸을 쓰는 일을 해 보고 싶은데 나이가 많아서 알바 구하기가 힘들었는데 잘됐네. 배달하다 보면 아무 생각도 안 나겠지? 살도 빼고!"

아저씨가 뱃살을 손으로 가렸다.

"손님들이 누나가 친절하게 배달을 해 줘서 고맙다면서 몇 명을 더 소개해 줬어요."

엄마 전화기에 저장된 문자를 보여 줬다.

간호사가 이제 보호자들은 응급실 밖으로 나가 있으라고 했다.

복도를 서성거리는데 누군가의 배에서 꼬르륵 소리가 났다.

우리는 병원 밖으로 나가 식당을 찾았지만 모두 문을 닫았다. 맞은편에 있는 편의점의 환한 불빛이 어서 오라고 손짓하는 것 같았다.

안으로 들어가 컵라면과 삼각김밥 여러 개를 사고 자리에 앉았다.

아저씨, 누나와 이야기를 나누며 먹으니 혼자서 컵라면을 먹을 때와 맛이 달랐다.

모두 허겁지겁 밥을 먹었고 모자라서 김밥 세 줄을 더 먹었다.

"햄버거도 하나씩 먹을까? 즐겁게 먹으면 칼로리 제로라는 말 알지?"

아저씨가 지갑을 꺼냈다.

"혼자 밥 먹으면 맛이 없으니까, 일주일에 한 번은 반찬가게 손님들끼리 모여서 다 같이 식사하면 어떨까요?"

누나가 하나 남은 김밥을 입에 넣었다.

"1인 가구의 안부를 묻는 반찬 배달이라고 광고하면 손님이 더 늘지 않을까? 나도 사람이 그리워서 탄호가 배달 오기를 기다리곤 했거든."

아저씨가 햄버거를 한 입 베어 물었다.

생각해 보니 나도 엄마가 반찬 가게를 할 때, 방학에는 세 끼를 모두 혼자 먹어야 했다. 맛있는 반찬이 있어도 혼자 먹기 싫어서 굶을 때도 있었다.

세 사람이 머리를 맞대니 좋은 생각이 쏟아졌다.

누나는 욕쟁이 할머니와 통화를 하며 내일 반찬을 정했다. 나는 도매상에 연락해서 식재료를 주문했다. 싱싱한 채소로 갖다 달라는 말도 잊지 않았다.

"사장님이 써 준 힐링 멘트를 읽으면 힘이 나서 반찬 배달을 기다릴 때도 있었어. 내일부터는 내가 쓸게! 원래 꿈이 소설가였잖아!"

아저씨가 어깨를 으쓱거렸다.

햄버거를 먹고 편의점 밖으로 나왔다.

다시 눈이 내리기 시작했다. 폭설이 내려도 이제 배달 걱정이 없다. 내일 밥도둑 반찬은 무슨 맛일까? 그리고 반찬통에 붙은 포스트잇에는 어떤 문구가 적혀 있을까?

작가의 말

수능 시험을 본 다음 날부터 큰 횟집에서 알바를 시작해 스물네 살 때까지 틈틈이 서점, 고시 식당, 돈가스 가게, 레스토랑, 버스 회사에서 일했다. 알바를 선택하는 나만의 기준이 있었다. 일이 힘들면 시급이 상당히 많아야 하고, 시급이 적으면 일이 아주 편해야 한다.

그중에서 서울시내에 있는 레스토랑에서 일할 때가 가장 기억에 남는다. 사장님도 좋고 일도 즐거웠는데 안타깝게도 손님이 너무 없었다. 레스토랑이 망하면 다른 알바를 구해야 해서 가게를 살리기로 마음먹고, 여러 가지 이벤트를 기획했더니 매출이 확 늘었다. 당연히 월급도 더 많이 받고, 덤으로 자신감도 얻었다. 이렇게 나는 알바를 하면서 세상의 치열함을 즐겁게 체험했다.

요즘 알바의 풍경을 직접 경험하지 못했지만, 신문을 보면 청소년, 청년들이 알바를 하다가 고용주로부터 갑질을 당했다는 기사가 많다. 청소년에게 '젊어서 고생은 사서도 해!' 혹은 '아프니까 청춘!'이라는 말을 하는 눈치 없는 어른들도 많은 것 같다.

그런 꼰대가 곁에 있다면 '젊어서 고생하면 늙어서 골병이 든다!'고, 친절하게 가르쳐 주시길!

청소년들이 알바를 하면서 좋은 사장님과 동료들을 만나 즐겁게 일하면서 돈도 벌고, 숨겨진 재능도 발견하면 좋겠다. 스무 살에 대부분이 대학에 진학할 때, 일찍 '삶의 현장 대학'에 입학해 장사를 배워 훗날 사람들이 줄을 서서 기다리는 멋진 식당을 창업할 수도 있고, 파티쉐가 되어서 한 번 맛보면 잊지 못하는 빵을 만들 수도 있으니까. 이렇게 알바가 청소년들한테 큰 기회가 되도록 나를 비롯한 어른들이 더 신경 써야겠다.

이 단편을 김포 통진도서관에서 썼다. 햇빛과 바람이 잘 들어오는 〈작가의 서재〉에서 글 쓰고 책 읽고 커피 마시는 이 시간이 참 좋다. 통진도서관의 배려로 조금씩 성장하고 있다.

바퀴벌레
박경희

"영어는 문법만 완전히 꿰면 어려울 게 없다. 기본만 충실하면 모두 가능하다!"

영어 선생님이 목청을 높인다. 집중하려 눈꺼풀을 추어올리지만 소용없다. 눈이 감겨 미칠 지경이다. 대학 가려면 영어는 선택이 아닌 필수인데 말이다.

철퍼덕.

선생님의 잔소리가 자장가처럼 아련히 들린다. 늘 그렇듯, 선생님은 수업 종이 울리면 쏜살같이 교실을 나갈 것이다. 수업 시간에 자든 말든 상관 않는다는 말이다. 그런데 웬걸 믿는 도끼에 발등이 찍혔다.

"오연수! 진짜 너무하는 거 아냐? 어떻게 한 달 내내 엎드려 자냐? 밤에는 잠 안 자고 뭐 하는데? 이유라도 들어보자. 오늘은."

평소에는 무심했던 선생님이 다그치자 당황스러웠다. 난 아프다고 거짓 핑계를 댈까 하다 말았다.

"입가에 침까지 흘려 가면서 자더니 아직 잠이 덜 깼냐? 공부하기 싫어?"

"아닙니다."

"그럼 왜? 줄곧 책상에 엎드려 있는 건데? 그건 선생에 대한 예의가 아니잖아."

"…."

눈물이 날 정도로 죄송하고 미안했다. 그래서 고개만 숙인 채 폭풍이 지나길 기다렸다.

"공짜로 공부한다고 우습게 여기는 거 아냐? 너희 국민 세금으로 공부도 하고, 밥도 먹고, 기숙사에서 잠도 자는 거야. 그럼 고마운 줄 알아야지. 대학 가겠다고 마음먹었으면 이 악물고 해야 할 것 아냐? 지금 정신 차리지 않으면…. 바퀴벌레 인생밖에 안 돼."

영어 선생님은 '바퀴벌레'라는 말을 강조했다. 순간, 두만강을 건너다 국경수비대에 걸려 교화소에 갇혔던 생각이 났다. 감옥이 주는 위압감보다 더 무섭고 기분 나쁜 건 바퀴벌레였다. 좁은 공간에 콩나물시루처럼 많은 죄수들. 씻지 못해 늘 퀴퀴한 냄새가 진동했다. 거기다 낡고 축축한 건물이라 바퀴벌레들이 득실거렸다. 밤이고 낮이고 가릴 것 없이 바퀴벌레가 들붙었다. 그곳을 탈출했다는 건 기적이었다. 선생님의 말씀처럼 바퀴벌레 인생이 될까 두렵다 못해 오소소 소름마저 돋았다.

'나도 국민 세금으로 공부하고 먹고 잔다는 것 잘 알아요. 고마운 줄도 알고요. 그러나 피치 못할 사정이라는 게 있습니다. 선생님은 기본, 기본을 외치는데 그 기본도 못 하면서 사는 내 삶에 대해

선생님은 아세요?'

묻고 싶었다. 아니 통곡이라도 하고 싶은 심정이었다. 그런 나를 선생님은 말없이 시위 중이라고 오해한 것 같았다. 선생님은 재킷을 벗어 책상에 던지며 언성을 높였다.

"오연수! 지금 내 말이 말 같지 않아? 나이 어린 동생들과 공부하느라 힘들겠다 싶어 봐줬더니…. 안 되겠네. 내 수업 듣기 싫으면 들어오지 않아도 좋아. 엎드려 자는 꼴 보는 것보다 나으니까."

선생님은 출석부로 강대상을 탁, 탁 치며 말했다. 가만히 듣고 있던 학생들이 웅성대기 시작했다.

"여러분도 다르지 않아. 남한에 와서 가장 힘든 게 영어 간판 읽는 거라며? 남한 사람들이 영어를 많이 써 힘들다고 늘 징징거렸지? 그런데 왜 노력하지 않는 건데? 사선을 넘던 그 힘으로 뭐든 파고들어야 하잖아. 남한 아이들은 유치원 때부터 영어도 하고 논술도 하고 피아노도 치는데…. 그들과 경쟁하며 살아야 하는 세상에 왔으면 적응해야지. 내가 지금 답답해서 하는 말이라고."

불똥이 반 전체로 퍼졌다. 난 동무들의 볼멘소리가 높아질수록 좌불안석이었다. 끝내 영어 선생님은 분을 못 이겨 인사도 받지 않은 채, 밖으로 나갔다.

"와. 우릴 완전 거지 취급이네. 자기 돈 주는 것도 아니면서…. 바퀴벌레 인생이라니. 대놓고 무시하는 선생님. 정말 왕짜증이다."

태국대사관에서 만나 줄곧 함께한 인희가 혀를 차며 말했다. 망

망대해에 홀로 선 듯한 나를 지지해 주는 친구가 있다니. 고맙고 힘이 났다.

“수업 시간에 엎드려 잔 내가 잘못이지, 뭐.”

“그나저나 너 다음부터 영어 시간에 안 들어올 거니?”

인희가 잔뜩 걱정스러운 표정으로 물었다.

“어차피…. 학교 다니기 힘들 것 같아. 엄마가 아파서… 아르바이트….”

인희에게 엄마 이야기를 하려다 말았다. 인희도 북에 두고 온 가족 때문에 힘든 상황인 걸 알기 때문이다. 요즘은 서로 아르바이트 하느라 바빠, 깊은 이야기를 나눌 시간도 없어 더욱 안타깝다. 나는 고맙다는 말 대신 인희의 손을 잡았다. 손이 소나무 껍질처럼 거칠다. 콧등이 찡해 온다.

“연수는 교무실에 잠깐 들렀다 가라!”

담임이 종례를 하며 말했다. 끝나자마자 인사동에 가야 하는데 큰일이다.

“오연수! 영어 선생님께 얘기 들었다. 요즘 무슨 일 있니? 공부하는 게 힘드니? 무슨 일이 있는 거야?”

선생님의 말이 귀에 들어올 리 없다. 마음이 급해 연신 시계만 들여다보았다.

“예전에는 산만하지 않았는데…. 많이 변했네…. 요즘은 탈북 학생들끼리도 경쟁해야만 대학 들어가는 거 알지? 건성으로 공부하면 절대 대학 못 간다고. 네가 아무리 중국어를 잘해도 지금처럼 하면 힘들어."

영어 선생님과 똑같은 말이다. 모두 나를 위해서라는 것도 안다. 그러나 듣기 싫다.

"선생님. 제가 빨리 가 봐야 할 데가 있어서요…. 죄송합니다."

오줌 마려운 강아지처럼 발을 동동 구르며 말했다. 다행히 담임은 순순히 말을 끝냈다. 다행이다 싶으면서도 왠지 기분이 찝찝했다. 선생님의 눈빛에서 '포기한 학생'이라는 느낌을 받았기에.

인사동은 중국 장마당의 복사판이다. 조잡한 생필품이며, 울긋불긋 관광 상품 모두 중국에서 보던 제품들이다. 다른 게 있다면, 인사동은 다국적 사람들의 왕래가 잦다는 점이다. 인사동에서 아르바이트 자리를 구하게 된 날을 잊을 수 없다. 하나원에서 소개 화면을 볼 때부터 구경하고 싶어 나왔다 인연이 닿았다.

"어머나, 중국어를 잘하네요. 대학생이죠. 마침 중국어 잘하는 아르바이트 구하던 중인데…. 해 볼 생각 없어요? 얼굴도 예쁘고 몸매도 좋아서 우리 매장에 딱 맞아요. 기본 아르바이트비에, 판매량에 따라 보너스까지 주는데…. 어때요?"

우연히 들른 옷가게에서 중국 손님들이 버벅거리기에 통역해 주었다. 사장은 구세주를 만난 것처럼 반겼다. 나 또한 솔깃했다. 중국에서 살아남기 위해 배운 말로 돈을 벌 수 있다니. 얼마 전 브로커를 통해 들은 고향 소식은 암담하기 그지없었다. 오랫동안 신장이 좋지 않던 아빠는 투석해야 할 지경인데, 형편상 약조차 제대로 쓰지 못하고 있다는 소식. 가장이나 다름없던 엄마마저 위암에 걸렸다는 것이다. 남동생이 학교 대신 장마당에 나가게 되었다는 말을 생각하면 등골이 시리다.

'아르바이트를 더 해서라도 돈을 벌어야겠어.'

마침 이 생각을 하며 일자리를 찾던 중이라 반가웠다. 저녁에 홍대 나가기 전까지 한 탕 더 뛰면 훨씬 더 빨리 돈을 모을 테니까.

"제가 학생이라서 네 시나 되어야 가능한데 괜찮겠어요?"

나는 주인 여자의 마음이 변하기 전에 확답을 듣고 싶었다.

"그럼, 대학생들 모두 학교 마치고 아르바이트하는 줄 알지…."

주인은 이미 자기 직원이 된 것처럼 반말을 텄다.

"전 대학생이 아니고…. 고등학생이에요."

고등학생이라는 말을 할 필요가 있나 싶지만, 이미 엎질러진 물이었다.

"전혀 고등학생 같지 않은데…. 암튼 중국어가 유창하니까 됐어. 아르바이트비는 일하는 거 봐 가며 합의해도 되겠지?"

그렇게 시작된 일이지만 만만치 않았다. 오늘도 주인 여자에게 시달릴 생각에 머리가 지끈거렸다. 아니나 다를까. 가게 안으로 들어서자마자, 주인은 기다렸다는 듯 잔소리를 퍼부었다.

"여기는 옷가게라고. 그렇게 후줄근한 차림으로 나타나면 어쩌냐고. 피부는 누렇게 떠 갖고…. 밤새 한숨도 못 잔 얼굴이네. 어서 화장하고 매장 옷 골라 입어. 최고로 화사하게! 멋지고 우아한 옷으로. 손님들이 다 종업원 옷맵시 보고 들어온다는 사실 잊지 말고…."

얼른 룸에 들어가 익숙지 않은 손길로 화장부터 했다. 주인 여자가 매장에서 가장 잘나갈 만한 옷을 들고 왔다.

"가게 문 닫을 때까지 일하는 것도 아니고 꼴랑 세 시간 일하는 이유는 뭐야? 열 시까지 가게 맡아 주면 좀 좋아. 호텔에 짐 풀고 여유롭게 옷 사러 나온 중국 고객들 잡아야 하는데…. 황금 시간대에 나가니. 원."

주인 여자는 떼쓰듯 물고 늘어졌다. 난 들은 척도 않고 긴 머리를 틀어 올린 뒤, 매장으로 나갔다. 마침 중국 관광객들이 들어섰다. 그들은 호떡집에 불난 것처럼 시끄러웠다. 그럴수록 난 차분한 목소리로 접근했다.

"어서 오세요. 우리 매장 옷은 한국 최고의 디자이너가 만든 옷이라 특별해요."

이 말이 끝나자마자 다른 중국 관광객이 들어왔다. 금박이 재킷에 치렁치렁 매단 금붙이 차림만으로도 VIP임이 틀림없다. 단체로 들어온 뜨내기 관광객은 주인에게 맡기고, 나는 VIP에게 밀착 접근했다. 손님은 매장의 옷들을 꼼꼼히 살폈다. 나는 최대한 고급스러운 중국말을 쓰려 애썼다.

"이 옷은 대한민국 유명 디자이너 작품입니다. 옷감도 실용적이면서 고급지고요. 중국에 사 가시면 친구 분들이 모두 부러워할 겁니다. 여기 사람들에게도 인기 최고의 옷입니다."

나의 말에 VIP 고객은 어깨를 으스대며 두 벌을 샀다. 백만 원대의 옷을 척척 사는 손님이 남달라 보였다. 한마디로 기분이 묘했다.

'백만 원을 내가 천 원 쓰는 것보다 더 펑펑 쓰는구나.'

옷을 산 VIP 손님은 명품을 구한 것처럼 뿌듯한 표정이었다. 순간, 물건을 파는 액수에 따라 보너스를 준다던 주인의 말이 귓가에 맴돌았다. 기회를 놓칠 수는 없다.

"멋진 옷을 더욱 빛나게 해 주는 것은 고급 액세서리지요. 이 작품도 한국 최고 장신구 작가의 수제품입니다. 손님께는 특별히 할인해 드릴게요."

나의 유창한 중국어에 고객은 고가의 호박 브로치를 세트로 구매했다.

"너는 천부적인 소질이 있는 것 같아. 너 원래 고3 나인데 고1들과 공부한다며? 나이 먹어서 힘들게 공부하지 말고 장사해라. 남한 애들도 대학 나와 봤자 취직도 못 하고…. 월급도 쥐꼬리야. 근데, 넌 이렇게 아르바이트 뛰느라 대학이나 들어가겠어? 아예 장사하면 딱 맞을 것 같은데…"

주인 여자는 나의 사정을 안 뒤로는 아무 말이나 되는 대로 지껄였다. 왕재수다. 주인은 내가 매장 옷의 비밀을 모르는 줄 아나 보다. 충신동 공장에서 찍어 내는 옷에 디자이너 상표 비싸게 사 붙인 뒤, 손님들에게 속여 판다는 것을.

'사장님. 전 굶어 죽어도 사장님처럼 돈 벌고 싶지 않습니다. 대학에 들어가 제대로 중국어 전공한 뒤, 정식으로 무역업을 할 거라고요.'

확 내지르고 싶지만 참았다. 아르바이트하다 보니, 세상이 보였다. 처음에는 허접스러운 옷을 비싸게 사면서 속는 줄도 모르고, 우쭐거리는 손님이 바보처럼 보였다. 그러나 '허세' 값을 치르는 것이라는 생각이 들자, 무감각해졌다.

매장엔 밀물과 썰물처럼 들고나는 사람들로 붐볐다. 덕분에 쉴 새 없이 바빴다. 주인 여자는 계산대에 앉아 우아하게 간식을 챙겨 먹어도 사과 한 쪽을 권하지 않았다. 물 한 모금 마시지 못한 채, 손님을 맞는 동안, 다리는 퉁퉁 부어 갔다. 배도 고프고 머리가 핑 돌 지경이어도 내색은 하지 않았다.

'중국어 실습한다 생각하자. 남들은 비싼 돈 들여서 학원 다니며 배우잖아. 난 돈도 벌고 학원비도 안 드니 일거양득.'

마음 가다듬기야말로 나를 지탱하는 힘이었다.

땅거미가 내려오자, 인사동 거리는 조명 등불로 낮처럼 환했다. 어둠이 짙을수록 나의 수심도 깊어졌다. 새벽까지 한바탕 치러야 할 일을 생각하면 몸이 녹아내릴 것만 같다.

주섬주섬 나갈 채비를 하면서도 연신 주인을 살폈다. 주인은 일부러 늑장을 부리며 말했다.

“참, 오늘 아르바이트비 나가야 하는 날이지? 종로 매장 금고에서 돈 찾아온다는 걸 깜빡했네. 조금 기다릴래? 금방 다녀올게.”

“저…. 빨리 가야 하는데요.”

다음 아르바이트 장소까지 가려면 시간이 빠듯하다. 지난달과 똑같이 야비한 표정으로 말한다. 속에서 분노가 치밀어 오지만, 꾹 참는다.

“그럼, 내일 줄게. 그나저나 지금이 여덟 신데 또 어딜 가? 참 수상해! 넌 뭔가 비밀이 많은 것 같아.”

주인 여자는 아무렇지 않게 아르바이트비를 미루는 것도 모자라, 의심 가득한 눈초리로 내 몸을 훑어본다. 옷 파는 대로 보너스를 준다는 말도 지키지 않는다. 부당한 것을 생각하면 당장이라도 그만두고 싶다. 하지만 돈이 신분인 세상에 왔으니 참아야 한다.

이를 악문 채, 인사동 거리를 걸었다. 버스킹 하는 여행객들의 객기 어린 몸짓과 다정한 연인들의 포옹이 먼 나라의 일처럼 아득하게만 느껴졌다. 자유를 찾아 왔으나 진정 자유는 누리지 못하는 자신이 서글펐다.

인사동을 빠져나와 버스를 기다리는데, 핸드폰이 울렸다. 액정에 뜬 표시를 보니 국제전화였다. 얼마 전에 통화했는데, 또 벨이 울리자 속이 울렁거렸다. 불길한 예감이 바람처럼 스쳐 지나갔다.

“전화를 몇 번이나 했는데, 왜 감감무소식임? 여기 상황이 긴박하게 돌아가고 있어야."

브로커의 긴박한 목소리에 목이 타들어 갔다. 시끄러운 소리를 피해 다시 인사동 입구 골목까지 뛰어 들어갔다.

"집에 무슨 일이 있슴까?"

"엄마가 배에 복수가 너무 많이 차서…. 큰일이라우. 할 수 없이 내 돈으로 중앙 병원에 입원까지는 시켰어야. 너도 힘든 줄 알지만…. 날래 돈 좀 보내라우. 엄마는 살리고 봐야 할 것 아님?"

"의사는 뭐라고 해요? 수술하면 나을 수 있대요? 아저씨."

"당연하지. 그런데 돈이 들어와야 수술한다니까…. 날래 조달할 수 있갔지?"

"아저씨, 엄마 목소리라도 들을 수 없슴까?"

"지금 날 의심하는 거임? 내래 아픈 사람 놓고 분탕질 치는 사람 장사꾼 아니라우!"

뚜우욱-뚝.

브로커는 일방적으로 전화를 끊었다. 브로커는 내가 자신을 의심한다고 생각하는 것 같았다. 난 엄마 걱정이 되었을 뿐인데 말이다. 기분이 씁쓸했다.

다시 버스를 타러 가는데 다리가 휘청거렸다. 어질거리고 자꾸만 눕고만 싶다. 옷가게 아르바이트비를 받아도 브로커가 요구하는 돈의 반도 안 된다. 무슨 수를 써야만 한다. 불현듯, 스쳐 가는 얼굴이 있었다.

‘불나방 사장님에게 선급 부탁하면….’

이 생각이 들자 더는 머물 수 없었다. 홍대 앞을 향해 가는 버스에 앉자, 온몸이 땅으로 꺼지는 것 같았다. 요기라고는 학교 급식을 먹은 게 다였다. 가방에 있는 초코파이를 꺼내는 것조차 귀찮다. 메콩강을 건너 라오스행 배를 타는 동안, 초코파이는 비상식이자 생명의 밥이었다. 그토록 맛있게 먹던 초코파이마저도 시큰둥하다.

‘얼마 전에 엄마와 통화할 때만 해도 심각한 것 같지 않았는데…. 갑자기 엄마의 상황이 나빠진 건가? 브로커는 왜 엄마와 연결을 꺼리는 거지?’

의문은 꼬리에 꼬리를 이었다. 북한을 오가며 장사하는 조선족 아저씨를 브로커로 소개받은 건, 얼마 되지 않았다. 딱친구인 인희가 돈만 주면, 브로커를 통해 북한에 있는 가족과 소통할 수 있다고 연결한 것이다. 처음에는 믿기지 않았다. 그러나 브로커를 통해 무산시에 있는 엄마와 직접 통화를 한 뒤로는, 믿을 수밖에. 기쁨은 잠시였다. 통화하고 나면 가슴에 시베리아 바람이 불어닥쳤다. 온통 우울하고 아픈 소식뿐이라, 차라리 소식을 모르고 살 때가 더 낫다는 생각이 들기도 했다. 나만 혼자 왔다는 죄책감만큼 부담도 크다.

가족과 소통하기 위한 대가도 만만치 않았다. 전화 한 통이라도 공짜는 없다. 브로커는 북에 있는 가족과 직접 통화가 된 뒤라야 돈을 요구했는데, 요즘은 다르다. 엄마가 아프다는 이유로 수시로 전화를 하고 돈 재촉이 심하다. 학교에서 책상에 엎드려 쪽잠을 자며, 두 탕씩 아르바이트를 해도 감당하기 힘든 액수일 만큼. 그래도 죽어 가는 엄마를 구해야만 한다.

버스에서 내려 불빛이 출렁이는 골목을 향해 빠르게 걷는다. 홍대 거리는 젊은이들의 신천지다. 거리를 자유롭게 유영하는 사람들을 볼 때마다, 이방인이 된 듯싶다. 나와는 전혀 다른 세계에서 사는 사람들. 그들이 부럽다기보다는 자괴감이 들 때가 많다.

생각에 잠겨 걷다 보니, 검은 철 대문에 현란하게 그려진 불나방이 날갯짓하고 있다. 바싹 긴장된다. 새벽까지 치러질 일을 생각하면 도망치고 싶다. 죽으러 가는 사람처럼 매장 안으로 들어선다.

"왜 그리 힘이 없어? 그렇게 힘든데 왜 아르바이트하냐고. 여기서 일하라니까. 진짜 이해가 안 되네. 얼굴도 곱상하고 몸매도 날렵해서 인기 짱인데…. 낮에는 좀 쉬었다 초저녁부터 나와 손님 맞을 준비하면 좀 좋아?"

'불나방 BAR' 사장은 40대 중반의 남자다. 손님을 끄는 데 한몫할 정도로 외모도 준수하고 성격도 원만하다. 평범한 샐러리맨 생활이 지겨워 전 재산 들여 차린 술집이란다. 그래선지 술집에 쏟는 열정이 대단하다. 사장은 내가 북에서 왔다는 것은 알지만, 실체는 모른다. 그래서 정식 종업원으로 일하라는 말을 수시로 한다.

"저도 그럴 처지면 좋겠어요. 사장님."

사장님을 보자 브로커의 말이 떠올랐다. 그러나 선급 이야기를 꺼내기는 쉽지 않았다.

"얼른 옷 갈아입고, 저쪽 정리 좀 해. 요령껏 식사도 하고."

사장이 메인 테이블을 가리켰다. 방금 손님들이 남기고 간 쓰나미와 같은 흔적을 지워야 한다. 남은 양주는 보관을 위해 뚜껑을 잘 덮었다. 끈적거리는 테이블을 남은 소주로 닦는데, 손님들이 들이닥쳤다. 모두 교복처럼 하얀 와이셔츠에 넥타이 차림이다. 출근하듯 불나방에 들르는 팀이라 편하게 대했다.

"어서 오세요. 부장님. 좋은 자리 안내해 드릴게요."

"역시 불나방이야. 이토록 탱탱한 여직원이 있는 술집은 불나방뿐이지. 최고!"

"부장님이 요즘 젊고 싱싱한 아가씨에게 완전히 꽂혔다니까!"

술도 취하기 전에 남자들은 흥에 겨워 농담하느라 바빴다. 카운터에서 이것저것 살피던 사장은 나에게 눈을 찡긋했다. 무언의 명령이었다. 최대한 매상을 많이 끌어올리라는.

나는 중국에서도 공안의 눈을 피하느라 조선족 호프집에서 일한 적이 있다. 물론 그때는 한 푼도 돈을 받지 못했다. 숨겨 줄 뿐 아니라 먹여 주고 재워 주는 것만으로도 감지덕지였다. 여섯 달쯤 지나자 라오스행 쪽배를 탈 수 있었다.

태국대사관을 거쳐 인천행 비행기를 탈 때만 해도, 내가 술집에서 일할 것이란 상상조차 못 했다. 하지만 '불나방'에서 받는 아르바이트비 외에 손님들이 주는 팁의 유혹은 물리칠 수 없다. 엄마의 수술비와 생활비를 마련할 때까지만 벌 것이다. 나의 신상이 탄로 나지 않는다면.

"저희 사장님이 직수입한 고급 와인 있는데, 준비할까요. 프랑스 현지 호텔에서 일한 쉐프의 안주도 일품이고요. 오늘은 특히 싱싱한 연어로 만든 샐러드를 곁들인 메인 요리가 준비되었습니다."

부장에게 최대한 상냥한 목소리로 권했다. 남자는 끈적거리는 눈빛을 감추지 못한 채, 손짓했다. 가까이 오라는 신호다. 마지못해 메뉴판을 들고 남자 앞으로 다가갔다. 남자가 덥석 내 손을 잡았다. 얼굴이 화끈거리고 속이 메슥거렸다. 주문하기도 전에 수작이라니. 당장이라도 소리치고 싶었다. 그러나 끈질기게 쫓아다니는 사장의 시선을 무시할 수 없었다.

"단골이시니까 서비스 많이 드릴게요."

나는 사장에게 훈련받은 코스대로 대본 외듯, 멘트를 날렸다.

'선급 받으려면 참아야 해.'

속울음을 삼키며 미소 지었다. 그런 내가 모멸스럽고 구차했다.

"오늘 최고급 코스로 시킬게. 아가씨의 미모만큼 멋진 메뉴로 차려 봐…."

부장이란 남자는 어깨에 잔뜩 힘을 주며 말했다. 회사 법인 카드로 술 마시는 주제에, 허세가 하늘을 찌른다. 완전 꼴불견이다. 속은 시커멓게 타들어 가면서 생샐 미소 짓는 나도 만만치는 않지만. 모두 요지경이다.

주문서를 넣자, 사장의 입이 귀에 걸렸다. 기회다 싶었다. 때로는 단도직입적으로 들어가는 것이 효과적일 수도 있다.

"사장님. 저…. 선급 좀…. 아니 돈 좀 꿔 주세요. 엄마가 위급하답니다. 지금 수술하지 못하면 영영 힘드실 것 같아요…. 도와주시면 더 열심히 할게요."

사장은 귀신에게라도 홀린 듯, 하얀 눈동자를 굴리며 물었다.

"북한에서 혼자 내려왔다며? 그런데 엄마는 또 뭐야? 지금 날 시험하는 거야?"

"북한에 있는 엄마와 통화 가능합니다. 소식 주고받을 수 있어요."

사장에게 브로커와 관계된 모든 사정을 털어놓았다. 나이 속인 것과 고등학생이라는 것만 빼고. 사장은 적잖이 놀란 듯, 버벅거렸다.

"세상. 정말 놀랍네. 휴전선 너머의 가족과 통화가 가능하다니…. 근데…. 왜 네가 모든 짐을 짊어지려 해? 자유 찾아 왔으면 너라도 잘 살아야지."

사장이 진심으로 나를 위한다는 듯 연민 가득한 눈으로 말했다. 선급은 굳(Good). 그러나 어설픈 동정은 노땡큐다.

"사장님. 저도 엄마 수술만 하면 더는 안 할 거예요. 그러니…. 도와주세요."

사장은 뭔가 골똘히 생각한 뒤 말했다.

"조건이 있어. 당장 여기 정식 출근해. 그럼 간단하잖아. 선급은

해 줄 테니."

고등학교 졸업도 해야 하고, 대학에 가 제대로 중국어 공부도 하고 싶다는 말은 할 수 없었다. 대신 최대한 사장의 마음을 움직여 보고 싶었다.

"제가 사정이 있어서 그래요. 사장님. 담달부터는 다른 아르바이트 그만두고 다섯 시부터 나올게요."

내가 미성년자라는 것을 속이기 위해, 고향 언니 주민증을 보인 비밀을 알면, 사장은 날 당장 해고할 것이다. 조심해야 한다.

"이따 한가할 때 다시 이야기하자고."

사장은 모호하게 말을 남긴 뒤, 자리에서 일어났다. 마침 손님들이 몰려와 다시 분주해졌다. 얼마 전에 본 웃으면서 울고 있는 '조커'가 따로 없었다.

"와아! 불나방에 이런 보물이 숨어 있는 줄 몰랐네. 술맛 제대로 나겠어."

어디선가 한잔 걸치고 온 듯, 술 냄새를 풍기는 남자 넷이 농을 걸었다. 주방에 있던 쉐프가 얼굴을 내밀며 윙크를 보내며 뭔가 신호를 보냈다. 쉐프가 현지에서 일급 요리사였다는 말은 사실이 아닌 듯싶다. 불나방에서 맛본 것 중에 특별한 것은 전혀 없었다. 요리랄 것도 없는 평범한 안주였다. 그러고 보면, 불나방에는 거짓을 안주 삼아 가짜 양주를 마시며 돈을 물 쓰듯 쓰는 손님들이 참 많다. 그들은 가면을 벗고 싶어 마시는 것 같았다.

"뭘 해? 아가씨. 주문 안 받고…. 멍하니 서 있는 모습도 아주 섹시한걸…. 쩝."

물주인 듯한 남자가 메뉴판을 보며 거드름을 피웠다. 왠지 매상을 확 올리면 사장이 선급을 해 줄 것 같아, 마음을 다졌다.

"저희 불나방을 찾아 주셔서 감사합니다. 최고의 서비스로 모시겠습니다."

낯간지러울 정도로 애교가 뚝뚝 떨어지는 콧소리로 주문을 유도했다. 손가락은 고가의 프랑스산 양주에 송아지 고기로 만든 샐러드가 담긴 메뉴판을 가리키며.

"최고의 미녀가 권하는 거로 시키지."

내 말이 끝나자마자 물주인 남자가 말했다. 참 쉽다. 이런 속도라면 백만 원 정도의 매상은 거뜬할 듯싶다.

주문서를 전하며, 사장의 눈치를 살폈다. 밤이 깊기 전에 결정이 나야만 했다.

"역시. 연수는 딱 이쪽이야! 너만 나타나면 매상이 쑥쑥 오르고…. 불나방에 연수 얼굴 보겠다고 오는 손님이 태반이잖아. 당장 낼부터라도 전업으로 나서라고."

사장은 흥분된 얼굴로 말했다. 이때다 싶었다.

"사장님. 선급 가능하죠?"

"필요한 돈이 얼만데? 까짓것 기왕에 빌려줄 것, 화끈하게 줄게."

내가 조심스럽게 액수를 말하자, 사장은 지갑에서 오만 원짜리를 꺼내어 주었다. 뜻밖이었다. 기쁘면서도 온몸에 족쇄가 채워지는 느낌이었다. 서글프고 아팠다.

툭, 학교가 내게서 멀어져 가는 환상이 보인다. 괴롭다. 태국대사관에서부터 들은 말도 버려야 하는 걸까?

"남조선은 기회의 땅이다. 적어도 대학은 나와야 기회를 잡을 수 있다. 그렇지 않고는 사람대접 못 받는 곳이기도 하다."

사람들에게 귀에 못이 박이도록 들은 말이다. 하나원을 나와 홀로서기를 시작하면서부터 그 말이 실감 났다. 난 목숨을 구하기 위해 배운 중국어를 사람답게 사는 데 필요한 도구로 쓰고 싶었다. 내가 몸이 부서지도록 아르바이트하면서도 학교에 가는 이유다.

일찍 온 팀이 나가고, 새로운 팀이 들어오길 반복하다 보니, 어느새 자정 넘어 새벽이었다. 눈이 감기고 다리가 풀릴 정도로 피로감이 몰려왔다. 손님들이 떠난 가게는 파장을 앞둔 장마당처럼 어수선하다. 나는 테이블은 물론 바닥 청소까지 해 놓은 뒤, 불나방을 나왔다.

홍대 앞은 새벽에도 대낮처럼 사람들로 붐빈다. 길거리에 앉아 술을 먹는 사람들도 있고, 만취 상태로 택시를 잡는 남자도 있고, 가로수 밑에서 토사를 하는 여자도 보인다. 온통 술독에 빠진 세상 같다.

맥없이 쪽방이나 다름없는 원룸을 향해 걸었다. 등에 멘 가방이

젖은 소금 가마니만큼 무겁게 느껴졌다.

'내일 인사동서 아르바이트비 받고 선급한 돈 합치면 엄마 수술할 수 있겠지…. 넘 힘든데 낼 학교 빠질까…. 이러다 정말 고등학교 졸업장도 못 받는 거 아냐.'

이런저런 생각을 하다 보니, 산동네에 다다랐다. 화려한 서울의 뒷골목에 이토록 허름한 동네가 있다는 것이 늘 놀랍다. 난 아르바이트할 생각에 학교 기숙사는 신청하지 않았다. 월세가 저렴한 동네를 찾아 헤매다 민박형 원룸을 만났다. 서울에서는 한 몸 누일 공간을 구하는 것이 낙타가 바늘구멍만큼 들어가기 힘들다는 것을 알게 해 준 방이다.

달동네 벼랑 끝에 서 있는 원룸에 다다랐다. 불 꺼진 창이 유난히 쓸쓸해 보였다. 원룸의 불을 켜자, 제 세상인 냥, 활개 치던 바퀴벌레들이 줄행랑을 쳤다. 번쩍. 영어 선생님의 말이 생각났다. 유심히 바퀴벌레를 살폈다. 그토록 징그럽던 벌레들이 왠지 친근감이 들었다.

"도망치지 마. 나도 바퀴벌레야. 동지라고."

잠꼬대하듯 중얼거리다 세수도 못 한 채, 쓰러져 잠이 들었다.

스멀스멀. 벌레가 기어오르는 느낌에 눈을 떴다. 손톱만 한 바퀴벌레가 빛의 속도로 도망을 친다. 놀랄 새도 없이 후다닥 일어나 쪽문을 연다. 햇볕이 비집고 들어와 앉는다.

밤새 두들겨 맞은 것처럼 온몸이 뻐근하지만 더는 이불 속에 머물 수가 없다. 일어나 기지개를 켜며 시계를 본다. 이미 학교 갈 시간은 지났다.

허전한 배를 채우려 슈퍼에서 사 온 누룽지를 끓인다. 눈물 자국처럼 얼룩진 중고 냉장고를 연다. 오래전 식당에서 얻어 온 김치 냄새가 지독하다. 햇반과 통조림 깡통 한 개가 덩그러니 놓였을 뿐, 먹을 게 없다.

"다이어트 천국인 나라에서 배곯아 죽겠군."

씁쓸한 기분으로 냉장고 문을 닫았다. 엄마가 해 주던 열무김치가 목젖이 아프도록 그리웠다. 밍밍한 누룽지 몇 숟가락을 뜬 뒤, 밖으로 나갈 채비를 했다.

인사동 옷집에 가 아르바이트비를 받은 후, 불나방 사장이 준 돈을 브로커에게 입금해야 한다. 총총걸음으로 계단을 내려왔다.

햇살 아래서 보는 인사동 거리는 또 다른 세계다. 과거와 현재가 공존하는 거리. 중국 짝퉁의 전시장인 거리를, 관광객들이 휘젓고 다니는 풍경이 매우 이색적이다.

옷집에는 주인 여자가 혼자 앉아 차를 마시고 있었다. 가게 문을 연 지 얼마 안 되어선지 싱그런 향내가 물씬 풍겼다. 여자가 좋아하는 허브 향이다.

"안녕하세요? 사장님."

내가 인사를 하자, 주인은 귀신이라도 본 듯 놀란다.

"왜 이렇게 일찍 나왔어? 학교는?"

"급한 일이 있어서…. 빠졌습니다."

"무슨 일인데?"

"사장님. 아르바이트비… 지금 주실 수 있지요? 급히 보낼 데가 있어서요."

사장의 얼굴에 갑자기 먹구름이 내려앉았다. 초조한 마음을 누르고 사장의 눈을 바라보았다.

"아침 댓바람부터 진짜 넘하네. 장사하는 집에 예의도 없이…. 무슨 급한 일이기에 이렇게 무례한 거야?"

주인 여자가 노발대발했다. 기가 죽었다. 그래도 할 말은 하고 받을 돈은 당당하게 받아야겠다는 생각이 들었다.

"북에 계신 엄마가 위급합니다. 당장 돈 보내지 않으면 우리 엄마 죽습니다. 지금 내게 돈 오기만을 손꼽아 기다리고 있습니다."

"참. 어이가 없어서…."

나는 주인 여자에게 브로커 이야기며, 엄마가 얼마나 위급한지, 간곡한 마음으로 설명했다. 그제야 주인은 깊숙이 감춰 놓은 금고에서 돈을 꺼냈다.

"다음부터 이런 식이면…. 용서 못 해."

사장은 선심 쓰듯, 돈 봉투를 건넸다. 나는 뺏길세라 봉투를 받자마자 밖으로 줄행랑쳤다. 종로통을 빠져나와 골목으로 들어가 봉투 속의 돈을 셌다. 아니나 다를까. 여전히 사장은 아르바이트비에서 일정액을 뺐다. 말없이 아르바이트를 그만둘 경우, 뺀 금액을 돌려주지 않겠다던 말이 떠올랐다. 매달 아르바이트비에서 뺀 돈은 퇴직금이라고 했으니 잃어버린 돈이다. 오늘부터는 옷집 아르바이트는 그만둘 것이므로.

나는 조용한 골목을 찾아 브로커에게 전화를 걸었다.

신호가 울리자마자 전화를 받았다.

"어찌 됐어? 지금 엄마는 죽음 바로 직전인데…."

브로커는 준비된 대본이라도 외듯, 다짜고짜 소리부터 질렀다. 간이 오그라드는 것 같았다.

"아저씨. 지금 돈 부칠게요. 일단 엄마 수술부터 시작하세요."

나의 말이 떨어지기 무섭게 브로커의 목소리는 급변했다.

"돈 마련하느라 정말 애썼네. 통장 확인과 동시에 의사에게 말할게."

입에 솜사탕을 문 것처럼 달콤한 목소리가 영 낯설었다. 순간, 뭔가 불길한 예감이 스쳤다. 엄마의 목소리를 꼭 들어야만 할 것 같았다.

"아저씨. 엄마 숨소리라도 들려주세요."

"지금 무슨 소리 하는 것임? 엄마가 산소마스크 쓰고 있는데, 어찌 전화기를 대 줄 수 있갔니?"

브로커와의 원칙은 단순했다. 북에 있는 엄마의 목소리를 들어야만 돈을 지급하는 것. 그런데 엄마가 아프다는 말 외에는, 전혀 엄마의 목소리는 듣지 못한 것이 마음에 걸렸다.

"지금 날 의심하는 거임? 나이도 어린 동무가 그러면 못쓰지. 내가 사람 목숨 갖고 장난질할 사람으로 보였다면 섭섭한데…. 그럼 나도 모르갔음. 엄마 병원에 그냥 놔두고 철수하갔으니까니 알아서 하라우."

전화선 너머의 브로커는 길길이 날뛰는 짐승처럼 전화통에 대고 협박했다. 잠시의 침묵이 영원처럼 길게 느껴졌다. 어찌해야 할지 감을 잡을 수 없었다. 찰나였다. 브로커가 옆에 있는 의사라고 전화를 바꿔 준 것은.

"내래 김영숙 환자를 돌보는 의사요. 지금 당장 수술해야 하는데 어찌할 것임?"

투박한 함경도 남자의 목소리를 듣는 순간, 머리가 쭈뼛 섰다.

"하도 못 믿기에 내가 의사 선생님께 달려왔어야. 이제 믿간?"

브로커가 당당하면서도 힐책하듯 말했다.

"죄송함다. 그런 건 아니고요. 지금 돈 부칠게요. 엄마 수술만 잘 시켜 주시라요. 아저씨. 저 대신 엄마 옆에서 지켜봐 주세요."

더는 망설일 수가 없었다. 오직 엄마만 살리면 된다는 생각 외엔. 의사 선생님까지 통화했으니, 사기는 아닐 것이란 믿음이 생겼다.

은행에서 돈을 부친 뒤, 짧게 문자 메시지를 남겼다.

- 아저씨, 지금 돈 부쳤습니다. 우리 엄마 잘 부탁합니다.

엄마 수술 끝나면 전화 주실 거지요? 기다릴게요.

브로커에게 돈을 부치고 남은 지폐 몇 장을 들고, 근처 식당으로 들어갔다. 오늘은 하늘이 두 쪽 나도 배불리 먹고 일하러 나갈 생각이었다.

"여기 삼겹살 2인분 주세요!"

일생에 처음 고기 맛을 보는 사람처럼 게걸스럽게 먹었다. 상추와 깻잎에 싼 고기를 잔뜩 물고 오물거리는 나를 종업원들이 신기한 듯 바라보았다.

시커멓게 탄 고기 한 점까지 깨끗이 먹어 치운 뒤, 식당 문을 나섰다. 다시 어제와 똑같이 되풀이되는 아르바이트 세상을 향해 발을 내디뎠다.

돈을 부친 후, 단 한 순간도 핸드폰에서 눈을 떼지 못했다. 언제 북에서 전화가 올지 모르기 때문이다. 기적 같은 소식이 날아들 것을 기대했다. 내 속을 모르는 사장은 핸드폰을 압수하려 했다.

"사장님. 정말 중요한 전화를 기다리고 있습니다. 일은 소홀히 하지 않겠습니다."

죄인처럼 절절매며 사장에게 빌었다. 그러면서도 눈치껏 전화기를 살폈다. 이상하게 속이 타들어 갔다. 가슴속에 드리운 검은 그림자가 시도 때도 없이 나타나 불안을 고조시켰다.

하루가 한 달처럼 길게 느껴졌다. 기다리는 전화는 오지 않았다. 휴식 시간을 이용해 끝내 전화기를 돌렸다. 뚜뚜- 신호는 가는데 전화를 받지 않았다. 엄마의 수술이 길어지는 것 같아 더욱 불안했다.

일 년 같은 하루가 지나고, 칠 년 같은 일주일이 지나도 브로커에게서는 전화가 오지 않았다. 전화하면, 알 수 없는 멘트만 나왔다. 분명 뭔가 잘못되었다.

피가 마르는 나날이었다. 학교엔 가지 못했지만 죽어도 아르바이트는 가야 했다. 일을 마치면 원룸에 쓰러져 식물인간이 되곤 했다. 내 주위에는 바퀴벌레들만이 득시글거릴 뿐 아무도 없었다.

더는 일어날 수가 없었다. 불나방엔 빚 갚으려면 나가야 하는데. 움직일 수가 없다.

원룸에 누워 있으면 밤인지 낮인지 구분이 잘 안 된다. 시도 때도 없이 잠들기에 딱 좋은 공간이다. 잠은 잘수록 수렁처럼 깊이 빠져들었다.

또한, 잠은 사람을 용감하게 해 주는 묘약이기도 하다. 불나방의 사장이 들이닥칠까 두렵다가도, 케세라세라. 알 수 없는 배짱도 생긴다.

삼 일을 물 한 모금 못 먹고 누워만 있자, 정신마저 몽롱해졌다. 꿈인지 생시인지 분간이 안 될 정도다.

"연수야, 정신 차려. 일어나."

"엄마. 아프지 않아? 수술 잘됐어?"

읊조리듯 중얼거리지만, 엄마의 얼굴은 보이지 않았다.

"엄마…. 엄-마."

허공을 향해 손짓을 해 보지만 소용없다. 아무도 없다. 정신을 차리려 눈을 뜬다. 갈증이 난다. 냉장고에는 물 한 병조차 없었다. 냉장고 문을 닫자, 축축한 곳에 기생하던 새까만 바퀴벌레들이 줄행랑치느라 정신없다. 내가 널브러져 있는 동안, 새끼를 엄청나게 깐 것 같다.

'너희는 혼자인 나보다 낫네. 너흰 대가족이잖아.'

나는 진심으로 바퀴벌레가 부러웠다. 혼자라는 사실이 뼛속까지 파고들었다. 바퀴벌레들에게 이 작은 영역마저도 빼앗기고 말 것 같은 위기감이 들었다. 지금 무얼 하고 있단 말인가. 브로커 주머니로 사라진 돈. 엄마의 상황에 대한 답답함. 정신이 번쩍 들었다.

"죽을힘을 다해 사선을 넘었으면, 뭐든 파고들어야 할 것 아냐?"

영어 선생님이 하던 말이 떠올랐다. 망치로 한 대 세게 맞은 느낌이었다. 벌떡 자리에서 일어났다. 두 주먹을 꼭 쥐었다.

"북에 가족을 두고 떠날 때의 각오 잊었어? 나만 잘 살려고 죽음의 강을 건넌 것 아니잖아. 엄마도 살리고 아빠 약값도 벌어야 하잖아. 깊은 밤 메콩강을 향해 산속을 달리던 때를 생각해 봐. 초코파이 한 개로 삼 일을 버텼던 너잖아. 이 정도로 무너질 거면, 그냥 고향에서 가족과 함께 살지. 왜 왔어. 여기까지 와서 죽을 거야? 이토록. 비참하게. 안 돼!"

영어 교사의 말은 비열했지만, 나태해진 마음을 추스르는 양약이 되었다. 절대로 선생님의 예언대로 살아서는 안 된다는 다짐과 함께.

나는 휘청거리며 거리에 나섰다. 모두가 어딘가를 향해 열심히 걸었다. 나는 하늘을 올려다보며 외쳤다.

"나 오연수는 바퀴벌레로 살지 않을 테다. 교화소 바닥에서 기어다니던 시커먼 벌레들. 축축하고 어두운 곳에 기생하며 사는 삶 절대 아니야. 난 당당하게 무역을 하며 살 거야. 멋지게!"

왠지 속이 편해진 느낌이다. 내면에서 알 수 없는 힘이 불끈 솟아올랐다.

정신없이 전철을 타고, 달린 곳은 뜻밖에도 학교였다. 아무도 반겨 주지 않는 학교지만, 울컥 눈물이 났다.

오랜만에 나타난 나를, 무심히 바라보는 동무들이 하늘만큼 사랑스러웠다. 그때였다. 영어 선생님이 수업을 들어가다 말고, 나와 눈이 마주쳤다. 나도 모르게 180도 고개 숙여 인사했다.

"선생님. 고맙습니다."

선생님은 느닷없는 나의 행동에 당황한 듯, 말을 잃었다. 내 깊은 마음을 모르니. 당연한 일이다. 다시는 수업 시간에 졸지 않을 테다. 바퀴벌레로 살 수는 없잖아!

작가의 말

탈북 친구들에게 '아르바이트'는 '실존'입니다. 그렇다고 동정하거나 불쌍히 여기지는 마세요. 생존에서 이겨 나가는 힘은 누구보다 강하니까요. 사선을 넘어 이 땅에 와, 질 높은 삶을 위해 노력하는 친구들에게 응원하는 마음으로 이 소설을 썼습니다. 남한 친구들에게는 이해의 폭이 넓어졌으면 좋겠다는 욕심을 부려 봅니다. 무거운 주제지만 산뜻한 마음으로 읽어 주세요. 남북한 친구 모두요.

최선의 알바

윤혜숙

혹시나 했던 미역국은 역시나 보이지 않았다. 아빠와 엄마가 이혼한 열 살 이후 제대로 된 생일상을 받아 본 적 없어 기대도 하지 않았다. 어제 먹은 김치찌개와 깍두기, 어묵볶음 사이에 새로 추가된 메뉴라고는 계란 프라이 한 개가 전부였다. 돈 얘기를 꺼낼 때마다 엄마는 새로운 메뉴 하나씩을 추가했다.

"핸드폰 요금 내야 하는데…"

엄마가 내 쪽을 흘금거리며 뒷말을 흐렸다. 월급날이자 생일까지 겹치는 특별한 날이니까 엄마가 좋아하는 매운 닭발과 누나가 좋아하는 블루베리 치즈케이크를, 형에게는 수입맥주 4캔쯤 사서 기분 좀 내야겠다는 생각이었는데… 시큼한 깍두기가 목에 걸렸다. 저녁 파티를 위해 챙겨 놓은 봉투에서 5만 원을 꺼냈다. 닭발, 치즈케이크, 수입맥주는 형 입대 전날로 미루면 될 일이었다.

"이거면 돼요?"

밤잠 줄이고 '알바왕'이라고 깐죽대는 아이들의 눈총을 받아 가며 번 피 같은 돈이었다. 5천 원도 아니고 5만 원인데, 아깝지 않다면 솔직히 거짓말이다.

"매번 미안하다 막내야. 엄마도 다음 주부터는 식당 일 하니까 빌린 거 갚을게…."

말꼬리를 달며 엄마가 엉거주춤 돈을 받아 들었다. 달라는 게 아니라 빌린다는 말로 어른으로서의 자존심을 지키고 싶었던 건지도 모른다.

"그러든지 말든지요."

민망해하는 엄마 눈을 쳐다볼 수 없어 작은 방으로 시선을 돌렸다. 희끄무레한 햇살이 열린 문틈으로 고물고물 기어 나왔다.

윤이 누나는 피부관리를 위해 아직도 자고 있을 거다. 미인은 잠꾸러기라나 뭐라나.

"동생은 밤낮 일하는데 저것들은 방바닥에 찰거머리처럼 붙어서는…."

엄마가 레파토리처럼 달고 사는 '벼룩도 낯짝이 있다'는 말은 방문 여는 소리에 파묻혔다.

"나도 너한테 할 말 있는데…"

부스스한 몰골로 형이 마른세수를 하며 나왔다. 계란 프라이를 보고 형이 군침을 삼켰다.

"돈 얘기라면 그만해. 벌써 내가…"

엄마가 내게 눈을 찡긋하고는 어서 먹으라는 손짓을 했다.

"그냥 달라는 게 아니라 투자라고요. 이번엔 진짜 확실한 건이에요."

형이 입을 비틀며 볼멘소리를 했다.

"장남이 돼서 백 원이라도 벌어 온 적 있어? 형 노릇은 바라지도 않으니 제발 염치라도 좀 있어 봐라."

"고등학교 졸업장도 없는데 누가 나 같은 놈한테 일자리를 줘요?"

형의 그 말이 화근이었다. 엄마가 얼굴을 일그러뜨리며 벌떡 일어났다. 그 바람에 가뜩이나 기우뚱한 밥상이 위태롭게 흔들렸다.

"게임에 미쳐서 출석 일수 못 채운 게 내 탓이야? 제 손으로 학교를 때려치운 놈이 누굴 탓해?"

"이제 와서 어쩌라구요? 내가 대학 가겠다면서 학원 보내 달라, 과외 시켜 달라 그러면 우리집 능력에 그게 가능할 것 같아요? 나도 다 생각해서 그런 거라고요."

말도 안 되는 억지에 엄마가 움칠했다.

"네가 죽어도 대학 가겠다 했으면 달러 빚을 내든지 무슨 수를 벌였…."

"죽어라 일해도 백만 원도 못 버는 알바 구하자고 학교를 꾸역꾸역 다녀요?"

"알바 자리를 구할 때도 졸업장이 있어야 한다니까 그렇지, 내가 괜히 그래?"

방귀 뀐 놈이 성낸다고 형이 그렇게 나오자 횡설수설하던 엄마의 얼굴이 어두워졌다. 느닷없이 당한 주먹질에 보복이라도 하듯 형이 졸업장 어쩌고 할 때마다 항상 걸고넘어지는 누나 얘기를 하지 않은 게 그나마 다행이었다.

집안의 기대주였던만큼 누나는 공부깨나 했다. 하지만 그런 누나조차 4년 장학금 준다는 지방 전문대학으로 수준을 낮췄는데도 월세방을 구할 수 없어 결국 진학을 포기했다.

형제 중 제일 셈이 빠른 누나는 그 일 이후 인생 노선을 대폭 수정했다. 대학 졸업장 있어도 번듯한 직장 잡는 게 하늘의 별따기인 요즘엔 연예인만큼 확실한 게 없다며 연예학원에 다니겠다고 했다. 개성 있는 마스크라고 추켜세우며 한번 찾아오라는 '길거리 캐스팅'이 누나에게 헛바람을 불어넣은 것도 한몫했다. 내 눈에도 고만고만한 또래 누나들 속에서 누나의 미모는 단연 눈에 띄긴 했다. 그 일 이후 누나는 방바닥에 눌러붙은 인절미 같던 생활을 접었다. 공부 때문에 망가진 몸매를 되살리겠다며 다이어트에 돌입했다. 반복되는 폭식과 토악질 때문에 누나 몸은 마르다 못해 미라 같았지만 누나는 아직 멀었다고만 했다.

"내 생일인데 오늘만은 즐겁게 식사해요."

그릇에 남은 마지막 밥 한덩이를 욱여넣었다.

"뭐, 생일? 자식 그런 건 이틀 전쯤에 얘기해 줘야지, 바쁜 몸이 어떻게 일일이 챙기냐? 우리는 그렇다 쳐도 엄마는 알고 있어야 하는 거 아니에요?"

쥐뿔도 없으면서 자존심 하나로 버티는 형답게 엄마에게 도끼눈을 했다.

"미역국이라도 끓였어야 하는 건데… 요새 내가 뭔 생각을 하며 사는지 모르겠다."

엄마는 금방이라도 눈물을 흘릴 기세로 코를 훌쩍였다.

'좀 참을걸.'

다른 사람한테는 차갑다 할 정도로 냉정한 편인데 엄마한테는 그게 잘 안 됐다. 엄마는 5만 원에서 몇천 원을 헐어 저녁에 미역국을 끓일 거다.

"선아, 잠깐만 보자. 할 말 있다고 했잖아?"

골목 어귀까지 형이 따라 나왔다.

"형이 돼서 하나밖에 없는 동생 생일도 못 챙겨 주고, 나도 참 면목없다."

형이 하나밖에 없는 동생 운운할 때는 조심해야 한다. 담뱃값을 뜯어낼 때도, PC방비 울궈 낼 때도 번번이 형은 그런 말로 시작했다.

"형, 나중에 얘기하면 안 돼? 오늘은 일찍 오라고 담임이 그랬거든."

내가 내뺄 기세를 보이자 형이 바투 다가서며 팔을 잡았다.

"한 백 만 원만 있으면 열 배로 튀길 수 있는데…"

이제까지 내가 들은 형의 말 중에서 제일 현실감 없는 대사였다.

"이상한 짓 할 거면 그만둬. 요새 대부업체도 20퍼센트 넘게 이자 받으면 걸리거든."

"내 친구 무혁이 알지? 며칠 전에 그 자식 만났는데…. 완전 때깔이 달려졌더라. 왕년에 뾜찜이 아니더라고."

형은 눈알을 휘뚜루마뚜루 돌리고는 혀로 입술을 핥았다. 뾜찜이 생각나서는 아닐 테고. 뭔가 대단한 결심을 한 듯 형의 얼굴에 긴장감이 돌았다.

무혁이 형은 나도 좀 안다. 세상 불만을 온 얼굴로 표출하는 듯 퉁퉁 부은 표정은 뾜찜을 생각나게 했다.

"로또 됐대?"

"로또? 그건 순전히 운인 거고, 이건 엄청나게 머리 쓰고 발품도 팔아야 하니까, 로또랑은 출발선 자체가 다르다고 봐야지."

형은 잠깐만 기다리라며 핸드폰을 꺼내 들었다. 형이 보여 준 카톡 안에는 오피스텔 앞에 서 있는 무혁 형의 사진과 함께 '세 달 전 원룸을 샀고 매달 백만 원의 임대료를 받고 있다'는 문자가 이모티콘과 함께 떴다. 이 정도의 사진 합성은 기본이라며 원룸에 가 봤냐고, 무혁이 형한테 직접 확인한 거냐고 따져 물었다. 형은 정색하며 정직한 아이라고, 딴 놈들 다 뒤통수쳐도 무혁이는 절대 그럴 리 없다며 장담했다.

시큰둥한 반응에 마음이 달았는지 형은 연신 볼살을 씰룩거렸다.

"그렇게 푼돈 벌어서 언제 집 사고, 대학 가겠냐?"

"천리 길도 한 걸음부터, 티끌 모아 태산이라고 하잖아?"

"그래서 넌 맨날 하루살이 알바생인 거야. 남자가 배짱이 있어야지 그렇게 콩알만 한 간으로 어떻게 이 험한 세상을 살겠냐?"

나는 형의 비아냥에도 끄덕하지 않을 자신이 있었다. 이제까지 형은 늘 그랬다. 어렸을 때 딱지치기를 해도 다른 애들은 제일 허름한 딱지부터 까는데 형은 대왕딱지를 턱 내놓았다. 구력도 안 되면서 일단 상대방의 기선을 잡아야 한다고 우겼다. 당연히 열에 아홉은 상대방 손에 대왕딱지가 넘어갔다.

"내가 뭐 이기려고 딱지 치냐?"

"그럼 왜 쳐?"

"내리칠 때의 그 황홀한 손맛 때문이지."

그러면서 입꼬리를 올리며 씨익 웃었다.

형은 열 살 때의 모습에서 하나도 달라지지 않았다. 가진 것도 없으면서 잘난 놈, 있는 놈부터 깔아뭉개는 허세도, 사람 속을 뒤집는 느물거림도, 하품 나게 만드는 주접까지 뭐 하나 바뀐 게 없다. 안 그래도 형에게는 통 크게 십만 원쯤 주려고 했다. 한 달 후면 형은 육군이 될 몸이었다. 뭔 일이든 세 달 이상을 버티지 못하는 형이 18개월을 어떻게 버틸지 걱정이긴 하지만, 요즘 군인들의 월급도 많이 올랐다니 적어도 복무 기간 중엔 돈 뜯길 일은 없을 거다. 그러니 훈련소 들어가기 전에 친구들과 조촐하게 맥주 파티 할 정도의 돈을 줄 생각이었다.

이런저런 이유를 대며 빼는데도 형은 이번엔 진짜라고, 자기도 꿍쳐 놓은 돈이 있으니 조금만 보태라며 들러붙었다.

"이거 순전히 나 좋자고 하는 거 아니다. 그사이 제대로 장남 노릇도 못했는데 나 없는 사이 네 고생을 조금이라도 덜어 주고 싶어서 그런다. 무혁이 쫓아다니며 실전 경험도 쌓았으니까 틀림없어. 이번엔 절대 후회하지 않을 거다."

형은 맹렬한 의지를 보여 주려는 듯 잔뜩 눈에 힘을 주었다. 저녁에 다시 얘기하자며 달랜 다음에야 간신히 형에게 놓여날 수 있었다.

***

교실에 들어서자 시끌시끌하던 웅성거림이 뚝 그쳤다.

"진짜 학교 그만둘 거야?"

입을 쩝쩝대는 대식이의 말에 아이들이 눈이 일제히 내게로 쏠렸다.

"내가 널 꼬드겼다고 선생님이 오해하시니까 너라도 좀 가만 있어 줘라, 제발."

"내가 그만둔다는데 왜 널 들볶느냐고? 하여튼 웃긴다니까."

솔직히 박 선생이 그런 오해를 하는 데는 대식이가 기름을 들이붓긴 했다. 개학 첫날 자퇴할 거라는 내 말에 반삭까지 한 걸 보니 진짜인가 보다며 대식이가 말을 보탠 것이 이상하게 와전된 것이다.

"왜 머리는 밀어 가지고… 그거 때문에 선생님이 더 날뛰는 거잖아?"

대식이가 반삭으로 맨들맨들한 내 머리통을 쓰다듬었다.

"이 머리는 자퇴랑 상관없는 거라니까…."

나도 모르게 머리통에 손이 올라갔다.

반장이 들어오며 내 쪽을 보며 소리쳤다.

"야, 최선, 너 교무실로 오래."

책가방을 내려놓고 다시 교실을 나갔다.

교무실 안은 어수선했다. 나를 보자 박 선생이 얼굴빛을 싸악 바꿨다.

"왜 자퇴한다는 건데? 맛있는 거 많이 먹으려고 조리과 왔다면서?"

"먹는 건 적성에 맞는데 요리하는 건 나랑 안 맞더라고요."

나는 어제 했던 말을 똑같이 했다. 이미 결정된 일로 박 선생과 부딪치고 싶지 않았고 무엇보다 반 아이들과 좋게 끝내고 싶었다. 솔직히 문제를 일으켜서 전학을 가겠다는 것도 아니고, 조금 확대 해석하면 어차피 졸업 후에 할 취업을 조금 앞당겨 하겠다는 건데 이렇게까지 결사반대하는 이유를 알 수 없었다.

내 말에 박 선생의 관자놀이가 불룩댔다.

"그럼 이건 뭔데? 지금 반항하냐?"

박 선생은 벌떡 일어나 손가락 끝으로 내 머리통을 뒤로 밀쳐 냈다. 60킬로그램도 안 되는 내 몸이 휘청대며 뒤로 밀렸다.

"머리끝이 상해서 자른 거예요."

"그러면 내가 아 그러십니까 하고 넘어갈 줄 알았냐?"

"사실인데 그럼 어쩌라고요?"

토씨 하나 안 틀리고 박 선생의 질문과 대꾸는 지난주와 똑같았다. 대식이를 포함해 얌전했던 반 아이들이 내 머리통 때문에 술렁대는 거라니, 어거지도 그런 어거지가 없었다.

"자른 거랑 삭발이랑 똑같냐? 너 국회의원들이 왜 삭발하고 기를 쓰고 뉴스에 나오려고 하는데? 이래도 버틸래 그런 협박이야, 협박."

그러면서 박 선생은 '이 머리가 문제라고!' 하며 책등으로 내 머리통을 툭툭 쳤다. 박 선생의 지나칠 정도로 격한 반응에 막연히 생각만 하던 자퇴를 기필코 해야겠다는 다짐으로 바뀌었다. 그래도 그만둘 때 그만두더라도 시끄럽게 만들지 말자. 목울대까지 올라왔던 화를 간신히 눌렀다.

그렇다고 억울하지 않은 건 아니었다. 나만 염색하는 것도 아니지 않은가? 다들 방학 다음 날이면 미용실로 몰려갔다. 누가 더 눈에 띄나 내기를 벌이다가도 개학 전날에 머리끝만 다듬으면 감쪽같았다. 설사 염색기가 남아 있어도 누가 뭐라 시비 걸지도 않았다. 반 아이들의 절반 이상이 취업준비생, 산업예비군인 특성화고 학생만의 특혜라고나 할까. 다른 아이들도 나와 비슷한 과정을 반복했다. 문제는 이번엔 알바로 피곤했는지, 형 말대로 적당히 야한 생각이 신체 발육을 촉진한다는데 야한 생각을 너무 안 해서인지- 아, 진짜 난 여자애들한테 관심 없다. 여자는 엄마와 누나 둘로도 충분히 피곤하다- 개학이 코앞인데도 머리카락이 1센티미터도 안 자랐다. 자라지 않은 것으로 그치지 않고 머리카락 끝이 버리기 일보직전의 빗자루처럼 엉망진창이었다. 미용실 누나는 더 이상 짧게 자르지 못하니 헤어에센스와 보습제로 머리카락 상태부터 살리자고 했다. 그럴 만큼 난 한가하지도 무엇보다 머리카락 관리에 돈을 쓸 생각은 눈곱만큼도 없었다.

"입학생 전원 졸업, 100% 취업 성공…. 너 때문에 내 이력에 스크래치 나는 걸 두고 볼 수 없어. 자퇴 대신 계속 학교 나온다면 내 선에서 최대한 널 커버해 주지. 참, TV에 나오는 오정석 셰프도 내 제자라고 말했던가? 너도 알바 인생 끝낼 수 있게 좋은 데로 취직시켜 줄게."

협박에도 끄덕하지 않자 박 선생은 입에 발린 말로 나를 꼬드겼다. 그것마저 똑같은 레퍼토리였다.

'그 셰프도 달랑 6개월 다니고 그만뒀다는데. 언제까지 울궈 먹을 생각이에요?'

박 선생의 문제는 뭘 모른다는 거다. 아니 알면서도 모른 척하는 건지도 몰랐다. 조리반 아이들 모두 박 선생에게 불만이 많았다. 취업 알선이라는 명목으로 아이들을 음식점에 소개시켜 주고 사장으로부터 리베이트를 챙기고 있다는 건 공공연한 비밀이었다. 아마 나의 자퇴를 결사적으로 막으려는 것도 도둑이 제 발 저려서 그런 게 아닐까?

"네가 대식이 꼬드긴 거 맞지?"

"그거 오해라고요. 제 말 때문에 자퇴할 만큼 생각 없는 애가 아니잖아요?"

그제야 내 머리 때문이 아니라 대식이 때문에 부른 거라는 데 생각이 미쳤다.

대식이는 정말 이름처럼 대식가다. 돼지갈비 무한리필 프랜차이즈 〈돈마니〉의 막내아들인 대식이가 우리 학교에 들어온 것도 박 선생과 대식이 아버지와의 거래 때문이라고 다들 수군거렸다. 아버지와 함께 회사 경영에 참여하고 있는 형들과는 달리 대식이는 일반고에 진학할 실력이 안 됐다. 그런 대식이를 최고의 셰프로 키워 보겠다고 나선 건 박 선생이었다.

"난 먹는 건 잘해도 만드는 건 영 젬병이잖아. 솔직히 학교에서 배우는 게 뭐 있냐? 조리사 자격증 있어도 주방장까지 가려면 어차피 바닥부터 기어야 할 텐데 뭐 하러 시간 낭비해? 난 양파 까는 것부터 차근차근 일 배울 거야. 그러니까 졸업장 같은 건 필요 없어."

입학 한 달도 안 돼 자퇴하겠다고 입에 달고 다니던 대식이가 뭉그적대다가 내가 자퇴한다니까 덩달아 엉겨 붙은 게 원인이었다. 그걸 알면서도 아이들의 술렁거림과 대식이의 자퇴를 나한테 덤터기를 씌우려고 수를 쓰는 거였다.

출석일수를 채우지 않는 방법도 있지만, 나는 퇴학이 아니라 명예로운 자퇴를 하고 싶을 뿐이었다.

"머리를 원상복귀 시키든가, 대식이를 말리든가 하나만 선택해. 아님 매일 부를 거다."

때마침 울린 수업종 덕분에 간신히 빠져나올 수 있었다. 내 뒤통수에 대고 박 선생은 내일은 부르기 전에 교무실로 오라는 말까지 덧붙였다. 당분간 박 선생으로부터 갈굼을 당하겠지만 내 방식대로 버텨 내자 마음먹었다.

***

"오늘 촬영 있는 거 알지? 사거리 롯데리아에서 보자."

은수가 보낸 문자를 보는 순간 후회가 밀물처럼 밀려들었다. 좀체 감정에 휘둘리지 않는 내가 그런 약속을 왜 했는지. 덥석 하겠다고 한 것도, 입고 나갈 옷 걱정을 하는 것도 짜증났다.

후줄근한 티셔츠와 작업복으로 입는 면바지뿐인 옷걸이가 짜증을 보탰다. 형의 비키니 옷장을 열었다. 비닐에 싸여 가지런히 걸린 재킷들은 형이 알음알음 마련한 것들이었다.

'내가 돈이 없지 가오가 없나!'

그건 형이 달고 사는 말이었다. 경기도 외곽에 있는 의류할인매장을 뒤지는 건 형의 연중행사였다. 이제 일주일 뒤면 저 옷들은 2년 동안 직무유기 상태로 들어갈 것이다. 형의 옷장에서 블루 스프라이트 재킷을 꺼내 들었다. 한 번도 옷 욕심을 낸 적이 없는 내가 옷차림에 신경 쓰는 게 어이없었다. 재킷 덕분에 목이 늘어진 티셔츠가 가려졌다. 시계를 보니 지금 나가도 제시간에 겨우 도착할 것 같았다. 그사이 알바 때 찍은 사진을 미리 메일로 보낸 건 천만다행이었다.

하자학교에 다니는 은수를 만난 건 노인복지회관에서였다. 그날은 조리반 동아리가 자원봉사를 하는 날이었다.

"초등학교 동창이 꽤 유명한 유튜버더라고. 우리 동아리 봉사 활동 찍고 싶다고 그래서 오라고 했는데 괜찮지?"

구독자를 만 명이나 갖고 있는 유튜브라는 대식이의 말에 아이들의 눈이 휘둥그레졌다. 더구나 그날 요리에 쓸 돼지고기를 대식이네 식당에서 협찬하겠다는데 굳이 마다할 일도 아니었다. 카메라를 들고 식당 여기저기를 찍고 난 은수가 조리실로 들어왔다. 진즉부터 아이들은 조리 모자를 몇 번이나 고쳐 쓰고 평상시라면 거들떠도 안 보는 거울 앞에 얼쩡거렸다. 유명 유튜버가 동갑내기 여학생이라는 건 피 끓는 아이들을 사로잡기에 충분했다. 몇몇은 방송에 나오면 취업에 도움이 될지 모른다며 들떠 있기도 했다. 카메라 때문인지 아이들의 손길이 유난히 분주했다. 나는 조리실 밖에서 식판을 나르고, 어르신들의 식사를 도왔다.

동아리반이 만든 돼지고기찜과 우엉밥이 입맛에 맞았는지 어르신들은 밥 한 톨 남기지 않았다. 대식이는 그날도 두 그릇이나 먹어치웠고 나도 모처럼의 든든한 식사에 기분이 좋았다.

버스정류장으로 향하는 내 걸음이 빨라졌다. 다섯 시부터 하는 디저트 카페 알바 때문이었다.

"너 알바왕이라며? 내 유튜브에 출연 부탁해도 되지?"

방금 전 본 은수였다. 다짜고짜 반말인 데다 자기 말만 해 대는 통에 그런 말은 누구한테 들은 건지 따져 물을 마음조차 없었다. 본 척도 않고 버스가 들어오는 쪽으로 고개를 길게 뺐다.

"난 권은수. 곧 방학이니까 알바 이야기라면 다들 관심 갖지 않을까 싶은데…."

내가 상대도 않자 은수가 내 앞을 막아섰다.

"이래 봬도 꽤 인기 있는 1인 방송이야. 너한테 도움이 되면 됐지 해될 일은 절대 없을걸."

왜 그 순간 누나가 떠올랐는지 지금도 이해가 안 간다. 초등학교 때부터 영화광이었던 누나는 시나리오 작가가 꿈이었다. 틈만 나면 몇 정거장 거리의 도서관 디지털자료실에서 DVD를 보고도 두세 편을 빌려왔다. 주말에는 하루에 영화 세 편을 볼 정도였으니 중국산 DVD 플레이어를 두 대나 망가뜨릴 만했다. 졸업을 앞둔 겨울방학에 누나가 홍대 앞 극장에서 알바를 한 것도 개봉 영화를 바로 볼 수 있을 거라는 기대 때문이었다. 극장에 손님으로 온 에이전트 실장이 바람을 넣지 않았다면 어땠을까? 은수와 만나면 뭔가 서로 통하는 게 있지 않을까? 그래서 어두컴컴한 방에서 나와 예전처럼, 미장센이 어쩌고, 영화의 사회성이 저쩌고 떠들면 좋을 텐데. 그런 생각이 들자 은수의 제안을 대충 넘길 수 없었다. 때마침 버스가 들어오지 않았다면 누나 이야기를 주절주절 떠들었을 것이다.

"다음 주 토요일에 롯데리아에서 기다릴게."

버스로 올라서는 등 뒤에서 은수가 소리 질렀다.

그날 저녁 누나를 졸라 은수의 1인 방송 '열혈십대'를 봤다. 생각했던 것보다 훨씬 재미있고 말처럼 엄청난 조회 수를 기록하고 있었다. 누나도 촬영에 조금 신경 쓰면 훨씬 좋아질 것 같다고 코멘트했다. 요근래 누나가 뭔가에 이 정도의 관심을 보인 건 처음이었다.

토요일, 롯데리아 안은 노래와 사람들 소리가 뒤섞여 활기찼다. 내가 들어서자 은수가 손을 번쩍 들었다. ENG 카메라와 삼각대가 탁자 위에 얌전히 놓여 있었다. 출연료 대신이라며 은수가 불고기버거 세트와 콜라를 샀다. 은수는 명랑하고 내가 아는 아이들 중에 가장 붙임성이 좋은 것 같았다. 물어보지도 않았는데 자기 얘기를 스스럼없이 털어놓았고, 우스갯소리로 내가 긴장하지 않도록 신경을 써 주었다. 중학교까지 우등생이었다며 하자학교에 오기까지 부모님과 벌인 투쟁이 처절했다고, 시치미를 떼지만 요즘 부모님도 자기가 만든 인터넷 방송을 보는 눈치라며 흐흐댔다.

"내 꿈이 뭔지 알아?"

처음 본 사람한테 그런 걸 물어볼 만큼 은수는 명랑했다.

"다큐 감독?"

"너, 방송 봤구나?"

저지레를 하다가 들킨 아이처럼 얼굴이 화끈거렸다.

"나 스무 살 되면 뉴욕에 갈 거야. 거기 그분이 계시거든."

은수는 뉴욕에서 활동 중인 한국 출신의 크리스틴 최라는 다큐멘터리 감독에 대해 한참이나 떠들고는 유튜브 방송도 그 일 때문에 더 열심히 한다고 그랬다.

"편하게 말하면 돼. 그냥 이것도 알바라고 생각하면 긴장이 덜 될 거야."

은수의 말이 부드러운 손길이 돼 어깨를 토닥이는 것 같았다.

동영상 촬영은 은수가 미리 답사해 놓은 롯데리아 근처의 근린공원에서 했다. 은수가 미리 질문지를 주겠다고 했지만 내가 거절했다. 알바는 연습 없이 언제 어디에서나 제 몫의 일을 해내야 하니까. 그래도 카메라를 보는 순간 가슴이 떨렸다.

은수 : 초등학교 5학년 때부터 알바를 시작했다고 들었는데, 너무 어린 나이 아니에요? 특별한 계기가 있었나요?

내 얼굴이 딱딱했는지 은수가 입술을 말며 '편하게, 긴장하지 말고'라고 말했다.

최선 : 어려도 돈은 필요하잖아요? 떡볶이도 먹고 PC방도 가고 싶은데 돈이 없는 거예요. 어린 마음에도 자존심에 돈 없다는 얘기를 못 하겠더라고요. 그때는 엄마와 아빠가 이혼한 후라 집에 돈이 없었어요. 아빠가 양육비를 보내 주지 않아 엄마가 식당 일을 해서 겨우겨우 생활했으니까요. 당연히 용돈 같은 건 꿈도 못 꿨고… 그래서 돈을 벌고 싶었어요.

은수 : 처음 어떤 알바를 했어요? 미성년이라 알바 구하기 쉽지 않았을 텐데요.

최선 : 알바 사이트에서 찾은 전단지 알바였어요. 전단지 알바는 나이 제한이 없거든요.

은수 : 불법 아닌가요?

최선 : 편의점이나 햄버거집 그런 데서 일했다면 불법이죠. 하지만 전단지 알바는 부모님 동의서가 필요 없어요.

은수 : 아무리 그래도 열두 살이면 너무 어리지 않나요?

최선 : 사장님도 말한 것보다 어리다는 걸 대충 눈치로 아는 듯했어요. 열네 살이라고 했거든요. 제가 나이보다 노안이라서 그런가 그만두라는 말은 안 하더라고요. 전단지 한 장이 다 돈이다 싶으니까 힘들기는커녕 미친 듯이 하게 되더라고요. 그 나이에는 백 원도 큰 돈이잖아요? 한 번도 뭉텅이로 주거나 슬쩍 휴지통에 구겨 넣거나 하지 않았어요.

은수 : 말은 그렇게 해도 솔직히 힘들었죠? 사람들이 전단지를 잘

안 받잖아요? 어쩌다 받아도 보지도 않고 구겨 버리고… 나도 그런 적 많거든요.

최선 : 물론 그런 사람들이 대부분이지만, 안 그런 분들도 많았어요. 어린애가 고생한다며 초코우유를 줬던 아저씨도 있고 다시 와서 전단지 몇 장 더 달라는 아줌마도 있었어요. 돈을 번다고 생각하니 부끄럽다는 생각도, 힘든 줄도 몰랐던 것 같아요. 제일 기뻤던 건 첫 알바비 2만 원을 받았을 때였어요. 내 돈으로 친구들에게 떡볶이도 사 주고… 고생한 생각은 하나도 안 나고 그냥 좋더라고요.

은수 : 적성에 맞았나 봐요? 그런 생각까지 들었다니… 언제까지 했어요?

최선 : 전단지 알바는 방학 때만 해서 학교 다닐 때는 하고 싶어도 못 했어요. 중학교 들어가면서 새로운 알바가 생겨서 그만뒀죠.

은수 : 새로운 알바요?

최선 : 인센티브 특판 세일이라고 음식점이나 카페 같은 곳에 가서 덧신이나 칫솔, LED 장미 같은 걸 파는 거였어요. 그것도 알바 사이트에서 보고 찾아갔는데 판매수익금의 일부를 독거노인 돕기에 쓴다는 사장님 말씀에 끌렸던 것 같아요. 기부 같은 건 할 처지가 못 되니까 그런 식이라면 힘을 보탤 수 있지 않을까 싶었죠. 사장님도 나한테 은근 기대하는 눈치였어요. 없어도 그만인 물건을 파는 데는 어릴수록 유리하니까

요. 그런데 일주일도 못 했어요.

은수 : 왜요?

은수가 눈을 치뜨더니 얼른 카메라를 껐다.

"그거 앵벌이잖아?"

"그렇다고 오해할 수도 있지만, 앵벌이는 번 돈을 뜯기지만 그건 아니니까."

은수가 다시 카메라를 켰다.

최선 : 카페나 음식점에서 커플이나 회식 온 아저씨들이 있는 좌석을 찾아가요. 그러고는 울먹이는 목소리로 형 대학등록금 때문에, 아픈 엄마의 치료비가 필요해서 그러니 조금만 도와 달라고 말하는 거예요. 사람들의 착한 마음을 이용하는 거죠. 대부분은 잠깐 망설이긴 하지만 결국엔 거짓말인 줄 알면서도 사 줬어요. 판매 수익의 10~20%를 가질 수 있으니까 수입도 꽤 짭짤했어요.

은수 : 수입이 좋았다면서 왜 그만뒀어요?

최선 : 일주일째 되던 날이었을 거예요. 카페에 들어갔는데 데이트 중이 분명한 누나와 형이 보였어요. 내가 하는 이야기를 다 듣고 나서 대학생쯤 되는 형이 그러더라고요. 장미는 필요 없고 돈은 줄 테니까 이런 것 팔지 말고 정직하게 돈을 벌라고.

돈 때문에 거짓말을 배우기에는 너무 어리다고 하면서요. 정말 부끄러웠어요. 다음 날 그만뒀어요.

그때 일이 떠올라 얼굴이 화끈거렸다. 때마침 남자아이들이 우리 쪽으로 공을 몰며 나타났다. 나를 흘끔 보며 장소를 옮기자며 은수가 일어났다. 내가 민망해할까 봐 그러는 거였다. 늦은 오후였지만 햇살이 제법 따가웠다.

"저기는 어때?"

손차양을 하며 은수가 공원 안 정자를 가리켰다. 촬영본을 보여 주며 은수는 다시 편집할 거지만 그래도 마음에 안 드는 부분이 있으면 나중에라도 얘기해 달라고 했다. 다시 인터뷰가 시작되었다.

은수 : 그 일 이후에 알바를 그만둔 건 아니죠? 제일 힘든 알바는 뭐였는지 궁금해요.

최선 : 언제부턴가 통장에 돈이 있어야 마음이 편안해지더라고요. 당연히 그 정도 일로 포기할 내가 아니죠. 가장 힘들었던 알바는 중학교 2학년 때 했던 **까대기*** 알바였어요. 빡세긴 하지만 며칠 안에 수학 여행비를 마련했으니까 시쳇말로 가성비 최고의 알바였죠. 그때도 대식이가(대식이라는 말에 은수가

*** 가대기(까대기) :** 창고나 부두에서 무거운 짐을 어깨에 메고 나르는 일

놀라는 눈치였다) 돈도 벌고 다이어트도 할 수 있겠다며 끼워 달라고 해서 달고 갔어요. 경기도에 있는 물류창고에서 일했는데, 수업 끝날 때쯤 봉고차가 우리를 태우러 왔어요. 여름철이라 수박, 양파, 고구마 같은 무게 나가는 물건이 진짜 많았어요. 에어컨도 없는 창고에서 물만 마시고 끝도 없이 밀려오는 컨베이어벨트에 택배 상자를 올리는 작업이었어요. 땀이 들어가 눈은 따갑고 땀으로 목욕을 했죠. 새벽에 일이 끝나면 손가락 하나 들 힘도 없고 눕고 싶은 마음밖에 안 들어요. 힘들게 번 돈이라 택시비도 아까워서 창고 구석에서 쪽잠을 자고 새벽 첫 버스를 타고 집에 온 적도 있어요. 대식이는 하루 만에 그만뒀지만 전 2주 나갔어요. 그때 든 생각은 이기는 자가 강한 게 아니라 버티는 자가 강하다 뭐 그런 거였어요. 힘들긴 했지만 그 덕에 웬만한 일은 겁나지 않게 됐어요.

은수 : 버티는 사람이 이기는 거다 후후, 나한테도 들려주고 싶은 말인데요. 그 후엔 뭘 했어요?

최선 : 까대기 알바로 축난 몸을 회복해야겠다 싶어 고기뷔페에 나갔어요. 이번에도 대식이가 계속 빈자리 생기면 바로 연락하라고 엉겨붙었어요. 말로는 다른 식당 음식도 먹어 봐야 객관적으로 아버지 식당의 맛을 평가할 수 있다면서요. 자기네 식당에서는 아무래도 양껏 먹는 게 눈치 보여서일 거예요. 거기

에서 일하면 고기를 많이 먹을 수 있을 거라고 착각한 거죠.

은수 : 진짜 고기 많이 먹을 수 있어요?

최선 : 전혀요. 오히려 고기 냄새 때문에 고기를 더 못 먹게 돼요. 4명이 짝을 지어 일했는데 가끔 할머니, 아저씨 손님들이 팁도 주고 그랬죠. 주방 바닥이나 수돗가에서 불판을 닦는 아주머니들을 보면 엄마 생각이 많이 났어요. 내 몫으로 나온 요구르트를 아주머니들한테 가져다주게 되더라고요.

은수 : 여러 가지 알바를 했으니까 기억에 남는 알바, 아니면 다시 하고 싶은 아르바이트가 있을 것 같은데요?

최선 : 알바생들 사이에는 "패스트푸드 점에서 일한 사람은 반드시 돌아온다"는 말이 있어요. 저도 그 말에 동감해요. 처음 나간 패스트푸드점은 버거킹이었어요. 순전히 유니폼이 멋있어서 들어갔을 거예요. 난 주문 받는 일을 했는데, 별로 힘들다는 생각은 없었어요. 시급도 좋고 제때제때 통장에 돈이 꽂히고 4대 보험도 되는 최고의 알바였어요. 내성적인 성격이라 사람들과 잘 어울리지 못하는데 겨울방학 내내 그 일을 계속할 수 있었던 건 같이 일하는 사람들이 좋아서였어요. 나한테 관심을 보이는 예쁜 알바생도 있고….

은수 : 그 알바생과 썸씽도 있었죠?

최선 : 아뇨. 절대 아니에요. (손까지 홰홰 내젓는 나를 보고 은수가 소리내 웃었다)

은수 : 최고의 알바라면서 왜 그만뒀어요?

최선 : 햄버거에 질려서요.(후후) 삼시세끼를 햄버거로 먹는 거, 생각보다 별로더라고요. 사실 그건 핑계고 새 알바가 생겼거든요. 그것도 엄청난 면접 경쟁률을 뚫고요. 안 그래도 형과 누나들이 그만두면 후회할 거라고 잡긴 했어요. 그때 내가 뭐라고 잘난 척했는 줄 알아요? 떠날 때를 알고 떠나는 자의 뒷모습은 아름답다. 흐흐.

은수 : 〈박수 칠 때 떠나라〉 그 영화 생각나요. 내용은 완전 다르지만.

처음 들어보는 영화 제목이라고 하자 은수는 요즘 화제가 된 예능 프로에서 엄청난 요리 실력을 발휘하는 배우가 나오는 영화라고 했다. 내가 조리과라니까 일부러 그 이야기를 꺼낸 것 같았다. 다른 아이들처럼 영화들에 대해 떠들 줄 알았더니 은수는 카메라를 다시 켰다. 영화 얘기 더 듣고 싶으면 언제든 연락하라는 은수 말에 "그럴 일 없을걸." 퉁명스럽게 대답했지만 금방 후회했다. 누나 얘기를 꺼낼 수 있는 기회였는데.

은수 : 그 굉장한 알바가 뭐였어요?

최선 : 버거킹에서의 카운터 경력을 인정받아 편의점 알바를 시작했어요. 점장님 말씀으로는 고등학생 알바는 내가 처음이라고 하더라고요. 편의점은 한강 유원지에 있었는데 10평도 안 되

는 작은 매장인데도 어떤 날은 하루 매출로 2천만 원을 올리기도 했어요. 얼마나 손님이 많은지 저녁때쯤엔 편의점을 빙 둘러 줄을 설 정도였어요. 매장 상황이 그렇다 보니 포스에 두 명, 줄 세우는 사람이 하나, 쓰레기 처리하는 알바 하나, 상품을 진열하고 정리하는 알바 하나 모두 다섯 명이 2교대로 일하는데도 진짜 바빴어요. 사장님만큼이나 알바생들도 매출 1위 편의점에 다닌다는 자부심이 대단했어요.

은수 : 그렇게 좋은 곳인데 왜 그만뒀어요?

최선 : 그게… 같이 일하던 알바생 중에 희정 누나가 있었어요. 희정 누나는 일 년 벌어 한 학기 수업 듣는 가난한 대학생이었어요. 편의점 말고 다른 곳에서도 알바를 했는데 워낙 몸이 약한 누나였으니까 육체적으로 많이 힘들었을 거예요. 눈치껏 누나를 도와줬지만 그걸로 될 일이 아니었어요. 다른 사람들에 비해 좀 자주 쉬긴 했어도 일에 지장을 줄 정도는 아니었는데 누가 사장님한테 찌른 거예요. 근무 태만에다 다른 알바 때문에 지각도 많다고요. 그 일로 누나가 잘렸을 때는 마음이 편치 않았어요. 한창 멋부리고 연애할 나이에 친구들은 편의점에서 펑펑 카드나 긁는데 어떤 사람은 시급 만 원에 목매고…. 누나는 몸보다 마음이 더 힘들었을 것 같아요.

은수 : 이야기가 우울 모드인 걸 보니 그 누나를 많이 좋아했나 봐요?

최선 : 그런 건 아니고 내가 누나라면 어땠을까 그런 생각이 들었어요. 아마 난 학교를 그만뒀을 것 같아요. 대학 졸업장이 미래를 보장해 주는 건 아니잖아요? 흙수저나 금수저로 태어나는 건 내가 어떻게 할 수 있는 것도 아니고요. 모두들 자신의 처지에서 최선을 다하면서 산다고 생각해요.

은수 : 너무 자기 좋을 대로 생각하는 거 아닌가요?

최선 : 지금의 제 상황에 대해 별 불만 없어요.

은수 : 이름처럼요? 흐흐흐.

은수가 입을 가렸지만 눈에는 여전히 웃음이 고여 있었다.

- 선아, 고마워. 일이 잘될 것 같아.

형이 메시지를 보내왔다. 어제 형에게 친구들과 술 한잔 하라고 십만 원을 줬던 것 때문이라고 생각했다. 내가 핸드폰을 확인하는 사이 은수는 촬영본을 되돌려 보며 무언가를 열심히 적었다.

은수 : 한국 청춘들의 알바 역사를 듣는 것 같아요. 그럼 요즘도 편의점 알바 하나요?

최선 : 불미스런 일이 있어서 그만뒀어요.

은수 : 그 누나 일 말고 또 무슨 불미스러운 일이요?

최선 : 매출이 많다는 건 그만큼 상품 회전율이 빠르다는 거고, 그럼 상품 진열과 쓰레기 담당의 일이 많거든요. 그런데 새로 온 점장이 알바생들을 모두 누나들로 뽑는 거예요. 뭐 말로는 예쁜 알바생 보려고 손님들이 늘어난다는 마케팅 전략이라고 하지만…. 남녀를 차별해서 하는 말이 아니라 그곳은 힘세고 손이 빠른 형들이 필요한 곳이었거든요. 한 달 사이에 모두 여자 알바생으로 바꾸더니 나더러 포스 그만두고 상품 진열과 관리를 하라는 거예요. 그것도 힘에 부치는데, 쓰레기 처리도 간간이 해야 하고… 일이 두 배로 늘어난 거예요.

은수 : 담당 알바가 있을텐데 왜 그 일까지 해요?

최선 : 점장이 그 알바 누나한테 흑심이 있는 걸 나만 몰랐지 다른 누나들은 다 알고 있었나 보더라고요. 누나를 불러내는 일도 많고, 워낙 그 누나가 대충대충 일하는 타입이라, 점장한테 책잡히지 않으려면 누군가 해야 하는데 제일 어리고 남자인 내가 자꾸 하게 되더라고요. 그것까지는 참고 견디겠는데, 그 누나를 포스 자리로 옮겨 준다는 거예요. 가게 분위기가 이상하게 흐르는 것도 싫고, 개학도 가까워지고… 그래서 그만뒀죠.

은수 : 한마디하고 그만두지 그랬어요? 듣는 나도 화나는데….

최선 : 알바할 데는 얼마든지 있는데요 뭐. 더 좋은 자리에 가려고, 더 많이 시급을 받겠다고 아등바등하지 않아도 되고 수틀리

면 언제든지 그만둘 수 있는 게 알바의 장점이기도 하니까요. 절이 싫으면 중이 떠나야 한다잖아요?

은수 : 그럼 요즘은 알바 쉬고 있는 거예요?

최선 : 그럴 리가요. 요즘엔 디저트 카페에 나가요.

은수 : 집에서 멀겠네요? 근처에도 알바 자리 많을 것 같은데.

최선 : 지하철 타고 가면서 딴생각을 할 시간도 생기고 난 좋더라고요.

은수 : 딴생각? 개인적인 질문이겠지만 구체적으로 말해 줄 수 있나요?

최선 : 학교를 그만두면 뭘 할까?

은수 : 자퇴하려고요?

최선 : 열심히 생각 중이긴 해요…. (놀란 듯 은수가 눈을 치떴다.) 졸업장을 굳이 딸 생각은 없는데, 단순 반복적인 일 말고 알바라도 좀 창의적이고 나만 할 수 있는 거… 뭐 그런 게 없을까 그런 생각들요.

은수 : 그 일 빨리 찾았으면 좋겠네요. 오늘도 알바 가요?

최선 : 당연하죠.

은수가 카메라를 끄고 나를 돌아보며 말했다.

"생각보다 시간이 많이 걸렸지? 인터뷰 고마웠어. 편집본 나오면 보여 줄게."

형한테 전화를 걸었지만 받지 않았다.

***

요즘 들어 부쩍 형이 수상하다. 멍하니 모니터를 쳐다보다가도 머리를 쥐어뜯질 않나, 2분마다 한 번씩 핸드폰을 들여다보지 않나 안절부절못하는 기색이 역력했다. 처음엔 입대를 앞두고 마음이 싱숭생숭해서 그런가 싶었다. 다행인 건 투자 어쩌고 하는 이야기를 더 이상 꺼내지 않는 거였다. 아침에 박 선생에게 불려가 몇십 분 시달리는 것 말고는 학교생활은 평온했다. 대식이도 주방 일이 재밌다고 그러고, 내 머리카락도 하루가 다르게 자랐다. 모든 일은 동전의 양면 같다는 말은 맞는 것 같다. 반삭 사건 때문에 부쩍 헤어디자이너에 관심이 생긴 걸 보면 말이다. 정부에서 운영하는 기술전문학교를 찾아보는 시간이 길어졌고 수강생들의 후기나 진로 현황을 살펴보는 것도 재미있었다. 디저트 카페에 나가서도 손님들의 헤어스타일을 눈여겨보고 있다. 헤어스타일에 따라 그 사람의 이미지가 70% 이상 결정된다는 말을 매일 실감하면서.

형이 집을 나갔다. 입대를 며칠 앞둔 날이었다. 입던 그대로 나가서 편의점에 다녀오는 줄로만 알았다.

- 친구 집에 있다가 바로 입대할게. 선아, 미안해. 엄마와 윤이 부탁한다. 나중에 꼭 갚을게.

이틀 뒤 형의 메시지를 받았다. 미안하고 갚는다는 말이 마음에 걸렸지만 엄마와 누나를 떠맡기는 것 같아서 그러려니 했다.

"그래도 맏이는 맏이인갑다. 떼먹지 않고 나중에 다 갚는다는 걸 보니."

메시지를 보고 엄마가 웅얼거렸다. 마지막으로 온 가족이 모여 삼겹살이라도 구워 먹을 생각이었는데, 이렇게 될 줄 알았으면 용돈을 더 챙겨 줄걸 후회됐다.

"탁이는 군대 갔다오면 철이 들텐데, 윤이는 어쩌면 좋냐. 오백만 원이 애 이름도 아니고."

엄마는 닫힌 방문을 향해 한숨을 내쉬었다.

얼마 전 면접을 본 에이전트에서 누나에게 데뷔 준비를 위한 교육비로 오백만 원을 마련하라고 했다. 누나는 대학등록금으로 모아 둔 돈 내놓으라는 말로 시작해서 아빠한테 가서 밀린 양육비라도 받아 오라며 엄마 속을 뒤집었다. 누나가 엄마 앞에 내던진 쪽지에는 아빠의 주소지와 연락처가 적혀 있었다. 아빠를 만났지만 거절당한 모양이었다.

무슨 할 말이 있는지 엄마가 자꾸만 입술을 들먹였다. 벌써 집을 나섰어야 영업시간 전에 도착할 텐데도 엄마는 어쩐 일인지 꾸물대기만 했다.

"거긴 지각하면 벌금 같은 거 없어요?"

내 말에 엄마는 뭔가를 등 뒤에 숨기며 자꾸 뒷걸음질쳤다.

"엄마 혼자 해결할 수 있는 거면 저한테 보여 주지 마세요."

지레 놀란 엄마가 얼른 봉투를 내밀었다. 최고장이었다. 백만 원쯤 빌려 달라는 말을 거절했더니, 기어코 형이 사고 친 모양이었다. 휴대폰을 담보로 형이 대출한 금액은 오백만 원이었다. 당장 결제해야 할 이자와 원금이 백만 원 가까웠다. 형이 미안하다는 것도 꼭 갚겠다는 것도 이거였구나. 말문이 막혔다.

"이렇게 사고 치고 군대로 내빼면 어쩌라는 거야. 하여튼 자기 생각밖에 안 한다니까. 엄마, 그거 갚아 주면 안 되는 거 알지? 군대에서 월급 나오니까 거기서 까라고 그래. 선이 너도 모른척하고, 알았지?"

언제 나왔는지 누나가 가시 돋힌 말투로 말했다.

"네 꼬락서니는 어떻고…."

눈을 흘기는 것으로 성이 안 풀렸는지 엄마가 주먹을 들어 올렸다.

"내가 어떻게든 이달치는 가불해 볼 테니까…."

"일한 지 한 달도 안 됐는데 그게 가능해? 말이 되는 소리를 하셔!"

누나 생각도 나와 비슷했다. 이제는 화도 안 났다.

지하철 근처 은행에서 한 달치를 가상계좌로 이체했다. 다음 달 일은 나중에 걱정하면 될 터였다. 그때쯤이면 엄마가 가불할 수 있을지도 모르고, 누나가 작정하고 아빠와 담판을 짓고 큰돈을 가져올지도 모를 일이다.

어차피 내일 무슨 일이 벌어질지 모르는 게 인생이다. 언제 잘릴지 모르지만, 또 새로운 자리가 생기는 알바처럼 어차피 인생이라는 게 언제 어떻게 생길지 모르는 구멍을 메워 가면서 계속 살아가는 거니까.

'하루하루 최선을 다하면 되는 거야.'

지하철이 천천히 플랫폼으로 들어왔다. 나는 쏟아져 나오는 인파 속으로 몸을 들이밀었다.

작가의 말

《여섯 개의 배낭》과 《내가 덕후라고?》와 달리 이번 엔솔로지는 여기저기 들은 이야기에 인터넷 기사와 블로그를 검색하는 것으로 쓸 수 있는 글이 아니었다.

〈최선의 알바〉라는 제목부터 정해 놓고, 그에 맞는 이야기를 찾기로 했다.

청소년 알바에 가해지는 불합리한 처우나 부당한 시선, 그리고 간혹 벌어지는 끔찍한 폭력 등 우울하고 부정적인 이야기보다 '그럼에도 불구하고' 자신의 삶에 최선을 다하는 아이의 이야기를 쓰고 싶었다.

많은 청소년들이 방학이나 대학 입학 전에 알바를 하지만 아는 사람도 없을뿐더러 살아 있는 생생한 이야기가 필요했다. 구체적으로 어떤 알바를 어떻게 하는지, 그들에게 알바는 어떤 의미일지도 궁금했다.

그러던 차에 구산동도서관마을 고정원 사서님의 소개로 그 아이를 만났다. 첫인상은 평범한 고등학교 1학년. 특별한 알바 이야기를 들어야 하는데 겨우… 그런 실망감은 십 분도 안 돼 깨졌고, 그 아이의 말에 점점 빨려들어 갔다.

여기 나오는 인터뷰 내용은 그 아이가 들려준 알바 이야기에 바탕을 두고 있다. 상상으로 만들어 낸 '최선'의 상황이 최악이지만 이야기를 나누면서 그보다 더한 상황이라 해도 그 아이라면 충분히 이겨 낼 거라는 확신이 들었다. (이 기회를 빌어 사서님과 기꺼이 최선이 되어 준 그 아이에게 감사의 말을 전한다.)

이 세상엔 최선보다 더 안 좋은 상황에 놓인 청소년도 있을 것이다. 어쩌면 내가 짐작하는 것보다 훨씬 많을지도 모른다. 중요한 건 그들에 대해 더 확실하고 분명한 믿음이 생겼고, 그 믿음이 점점 확고해진다는 것이다. 어른들의 어떤 부당한 요구와 핍박에도 그들은 한 순간도 아무렇게나, 대충대충 살고 있지 않다는 것.

지금도 알바의 최전선에서 점점 더 훌륭한 사람으로 성장하고 있을 모든 최선에게 응원의 박수를 보낸다.

김소연 | 아동청소년작가. 2007년 장편역사동화 《명혜》로 등단한 이후 꾸준히 글을 쓰고 있다. 지은 책으로는 《승아의 걱정》, 《격리된 아이》(공저), 《타임슬립 2120》 등이 있다.

김태호 | 대천 출생. 2013년 단편 〈기다려〉로 창비어린이 신인문학상을 수상했다. 단편동화집 《네모 돼지》, 《제후의 선택》 중편동화 《신호등 특공대》, 《파리 신부》 그림책 《아빠 놀이터》, 《삐딱이를 찾아라》, 《엉덩이 학교》를 썼다.

문부일 | 문화일보 신춘문예에 동화, 전북일보 신춘문예에 소설이 당선되었고 MBC창작동화대상, 대산창작기금을 받았다. 《사투리 회화의 달인》, 《굿바이 내비》, 《불량과 모범 사이》, 《알바 염탐러》, 《WELCOME, 나의 불량파출소》, 《10대를 위한 나의 첫 소설쓰기 수업》 등을 출간했다.

박경희 | 1960년 양평 출생. 방송작가로 오랫동안 활동했다. 2006년 한국방송프로듀서연합회 '한국방송 라디오 부문 작가상'을 수상했으며, 2004년 《월간문학》에 단편소설 〈사루비아〉로 등단했다.
그동안 청소년들에게 깊은 관심과 애정을 갖고 글을 써 왔다. 지은 책으로는 《류명성 통일빵집》, 《난민 소녀 리도희》, 《리무산의 서울 입성기》, 《버진 신드롬》, 《고래 날다》, 《분홍 벽돌집》, 《몽골 초원을 달리는 아이들》, 《우리의 소원은 통일》, 《엄마는 감자꽃 향기》, 《감자 오그랑죽》, 《리수려, 평양에서 온 패션 디자이너》 함께 쓴 책으로 《여섯 개의 배낭》, 《내가 덕후라고?》, 《대한 독립 만세》, 《민주를 지켜라!》와 다수의 에세이집이 있다.

윤혜숙 | 한국콘텐츠진흥원 원작소설 창작과정에 선정되었고, 《밤의 화사들》로 한우리청소년문학상을 수상했으며 두 차례 경기문화재단 창작지원금을 받았다. 청소년 장편소설 《뽀이들이 온다》, 《계회도 살인 사건》을 썼고, 기획하고 함께 쓴 앤솔로지로는 《민주를 지켜라!》, 《대한 독립 만세》, 《광장에 서다》, 《격리된 아이》, 《이웃집 구미호》 등이 있다.